去遇见

*

杨天真 著

陕西新华出版
太白文艺出版社·西安

果麦文化 出品

*2021年，和虞书欣从初识到相知

*2023年，和章子晗在东京跨年

2/ 去遇见

*2024 年，和凯叔在南美的雨林之旅

推荐序一

好，牢固啊

著名经纪人、综艺大咖、大码女装品牌主理人、新锐作家、奢侈品收藏者兼国际旅行专家杨天真同学又要出书了。她说这是一本关于旅行的书。恰巧我和我家三位大小领导刚刚和她在南美度过了有趣的十几天，于是有幸收到了写这篇推荐序的邀请。

这本书中的一篇文章，讲了她对于"无条件的爱"的看法。当时她认为这种爱不存在，甚至和一个朋友大吵特吵，最后不欢而散。看到这篇文字的时候，我脑子里全是画面。天真真的很爱探讨一些抽象的话题。

据我观察，大多数人探讨这类话题之前，未必就有鲜明的持方。自己的观点往往是在和朋友讨论的过程中不断汇总判断，最终形成的。

而天真不一样。似乎这些问题她都系统地思考过。所以这之于她不是讨论，而是论证。这当然会给其他讨论者以压力，甚至会让胜负欲强的人不自觉地把观点置于反方,之后再产生些情绪。

　　但让我觉得有趣的是她的用词:"当时我们争执得不欢而散,而我对爱的看法十分牢固。"
　　对……的看法很牢固。
　　我第一次见人这么用"牢固"。
　　不应该是"坚定"或者"坚持"吗?
　　再往下看,在一次心灵旅行中,她的这个观点居然被化转了。
　　在这一瞬间,我突然理解了"坚定"与"牢固"的潜在的情感色彩是如此不同。"牢固"看似肌肉绷紧,但它往往就是会被动摇,甚至口中说出这两个字的同时,心中顿生化解之意。
　　"坚定"不同,就是一根钉子钉在那里,不在乎你怎么想,甚至不在乎你。"牢固"是此时,"坚定"像永远,更无情。

　　杨天真是个"牢固"的人。

　　有时,这种"牢固"体现在一定要做成什么事儿的狠劲儿。当然,旅行途中遇到的往往都不是大事儿,用北京话讲——幺蛾子居多。我们在南美旅行的下半程,遇到了不靠谱儿的地接导游。几顿饭给大家安排得既草率又廉价,难吃得不行。于是就在那天中午,我们投票决定让导游退掉原定的餐厅,改去我们在网上找到的口碑不错的中餐厅,以慰思乡的肚肠。
　　可是到了餐厅才知道,导游并没有按照要求改变预订,甚至原来被大家否决的餐厅的预订也没有退。这里的接待能力实在有限，一个二十多人的队伍突然在就餐高峰期撞进一家只有一个厨师的小店，顿时激起了泼天的慌乱。很明显，人家导游将了我们一军。

怎么样？还得跟我走吧？

他哪儿知道，杨天真很**牢固**。

"不走了，就在这儿！"

"大家坐，听我的！"

著名经纪人、综艺大咖、大码女装品牌主理人、新锐作家、奢侈品收藏者兼国际旅行专家杨天真，瞬间化身为餐厅领班杨天真。

她拉着老板和厨师，进厨房、开冰箱，唤着服务员拼桌椅、上餐具。我们几个好朋友也被动员起来。相熟的少数服务不太熟的大多数。

没有厨师？没关系，能不能从别的餐厅借？多久能到？

没有食材？没关系，能不能先定下几个菜？然后马上去超市一次性采购？

咱们同时出发，菜到了，厨师也就到了……

十分钟后，慌乱的小店从无序变有序。

再过几十分钟，菜上桌了。

有时，这种"牢固"居然会有一种浪漫气质。

杨天真说自己很爱唱歌。

我说，她不是爱唱歌，她是真爱**拉歌**。

我不知道一上车就很"牢固"地拉歌是不是源自她从小学到大学一直在做学生干部而培养出来的"职业"习惯。

反正，她的歌拉得突兀、持久且不管不顾。

真的是一上车就唱啊！

一开始清唱；到后来唱累了，把大巴车上的话筒凑在手机喇叭口给大家外放原唱；歇好了手机改伴奏继续唱……

一开始两个人唱；到后来五六个人唱；再到后来点名不唱的人唱……

"凯叔来一个！"

一开始谁都不认识谁；到后来谁都好像认识了谁；再到后来变成了九十年代中学生春游的既视感……

旅行中什么最重要？

心情啊。

你能想象一个从不唱歌的人，在车上撑着胸腔假装美声模仿杨洪基唱《滚滚长江东逝水》时的心情吗？

——简直太棒了！

我讲的两个小故事的味道并不是天真这本书的风格，仅仅算是我的补充。她的这本《去遇见》，更多讲的是一种内求。

但不论内外，"牢固"总是很珍贵的。

牢固不是固执。

牢固是有自己稳定的判断和期待，阶段性地知道自己是谁。然后用这些和这个世界不断地交互。其实未必改变世界，却在不断地改变自己。内心的牢固一直在变。

但，一直都在。

有时我在想，杨天真同学真的很像梦游仙境的爱丽丝。钻进兔子洞后，爱丽丝不断地探索自我，勇敢地质疑周围的非理性和反逻辑。

她也有她的"牢固"。

下面是《爱丽丝梦游仙境》中的一段文字。

爱丽丝问道："请你告诉我，我从这里应该往哪个方向走？"
猫说："这很大程度上取决于你想去哪里。"
爱丽丝说："我不太在乎去哪儿……"
"那你走哪条路都没关系。"猫说。

没错。
走，
就对了。

本来结尾了，突然想起一件事来。这次南美之行后，有一次和我家二小姐聊天儿。她说："这次旅行突然发现，原来很多人都有自己的 style。"

我问："什么是有自己的 style？"

她说："就是自己喜欢，不管别人说什么。天真姐姐就有自己的 style。"

这几天，天真上了《奔跑吧》。她看了好几遍，对我说："爸爸，我觉得天真姐姐的脑子是最清楚的。所有把戏她都能识破。"

我忽然意识到，我家二小姐有了自己的榜样。

她爹很欣慰。

凯叔

变成自己想要的颜色

在我的朋友圈里有两个超爱旅行的人，经常被他们的旅行照刷屏，一个是我爷爷，一个是天真姐姐。

当然啦，我也是超级爱旅行的人。

和天真姐姐每一次的旅行我都觉得是充满色彩的。有时候是热烈的红色，我们会一起超放肆地坐在小车上唱我们都喜欢的《亲密爱人》，还和路上的行人打招呼，希望有给他们留下难忘的回忆，哈哈；有时候是明媚的黄色，在草坪上吃着冰激凌奔跑追逐，在夕阳下下一字马，凹造型摆拍，希望能拍到很"chill"的照片发社交平台；还有时候是柔软的蓝色，她会在傍晚天快黑的时候带我去她的小院子，和她的小狗讲故事，吃她爸爸亲手做的好吃的米粉，然后我们一起聊天聊到很晚。

所有的颜色我都很喜欢，每一段故事当我回想起来都还记得当时的感受，就像我觉得她本身就是这样一个色彩丰富的人。很多人会好奇为什么我们俩能做好朋友。我思考了一下这个问题，觉得我们俩还是有很多相似的地方的。一是我们都认为每个人是独立而独特的，人与

推荐序二

人的相处不会因为他们身上所贴的外部标签而改变。她在和我第一次见面的时候不会因为我是一个艺人却总在说一些奇奇怪怪的话而觉得不得体，我也不会因为她是超级有名的经纪人和厉害的老板就害怕对她表达我想说的话。没有人是"应该"做什么事，"不应该"做什么事的。还有一个可能是因为我们的性格底色很相似。我们都很爱自己，自信、自洽、不内耗，算是内心比较强大的小美女吧，嘻嘻。我们都喜欢向着自己心中的目标去努力，不太去在意周围不看好的声音或者否定。

每次和她聊天或者见面的时候，对我来说也是一种充电。大到对于我事业的建议规划，小到旅行的酒店还是包包的款式，我们什么都能聊得来。

我记得天真姐姐说过，她做事永远都不会去担心失败，她只会给这件事情定下一个目标，然后完成它、实现它，仅此而已。

我会经常希望我的朋友们都可以不内耗，只看自己想做的那件事就可以，努力生活，并用更多的时间享受生活。也同样希望天真姐姐充满能量的灵感可以帮助到你，坚持你想要的颜色，或是变成你期待的颜色。

虞书欣

天真总能给你答案

推荐序三

一

过去的两三年时间，我和杨天真坐飞机起起落落，跨越了大半个世界。在遥远的南美丛林，原始部落里的人们递来拇指大的虫子，我们发现原以为丰满的生命经验，其实是冰山一角。在富士山下，旧年最后一缕阳光离开皑皑白雪，新年安静地到来了，我们彼此沉默无言，但深知有什么力量，正从我们内心悄然升起。我一直很喜欢居伊·德波说的这句话："他们沉浸在远方的际遇中，处无为之事，心随流动漂泊。"这是旅行所带来的意义，我和杨天真也是这样漂泊的关系，我们的行为与心境看似松散，却随着每个站点的抵达，每个意外的发生愈加牢固。

在东京机场，因为签证问题，我无法和她一起乘下一趟飞机。那是段窘迫的经历，同时我还发现我丢失了其他物品，手上的设备电量紧张，而其他同行的朋友都在旅馆休息。没有设身处地，是无法想象那种心情的。人在慌乱无助时，安慰是没有用的，巧妙如杨天真，我在空中的朋友，在我们的共友群里说：章子晗和我吵架了，她回去找你们了。附上一张她和空位子的合影。好哭又好笑。她在起飞之际，还不忘记给我铺垫一条道路。这是另一种程度上的拥抱和宽慰。

我们是陆地上的朋友，也是空中的朋友。

尼采说："优美的灵魂，不是那个能飞得最高的，而是那个没有大起大落，始终处于更自由、更透亮的空气中和高度上的灵魂。"我觉得杨天真当得上这样的评价。这本书是她旅途中的经历，翻阅起来就像朋友在讲述她的旅途见闻。我想，你一定愿意和她成为朋友。

二

第一次和天真出去旅行去的是日本。因为我在疫情前最后一个去的国家是日本，当时的旅行半途中止而且还经历了非常恐怖的抢航班事件，看着航班在 APP 上刷一次少一次，差点以为自己回不来。所以疫情恢复后去的第一个国家又是日本，这对我来说很像冥冥中注定的。毕业后的十年间我去过的地方不少，但几乎都是因为工作，像这次这样纯粹想去一个地方玩而出发的次数少之又少。像这次这样没有带老公，只有几个女生出来玩的情况更是几乎没有。

我们先去的京都，去看了一些古庙，抽到了不错的签，但我印象最深的还是我们四个女生吃完饭逛完街沿着鸭川江散步，慢慢地走回我们的小民宿。我们走的那一段路，一路上都没有很强的照明，为数不多的光源都来自江边一幢一幢的小房子里透出来的灯光。那些光时而白炽时而暖黄，但几乎都照不亮我们的脸，走这段路的时候我们没有导航，也没有人急着要回去，夜晚的鸭川很安静，一路上只有我们絮絮叨叨地说着话的声音。

我们住的民宿也是江边其中的一幢，外表看起来平平无奇，但里面的结构非常好，我记得好像还拿过什么设计大奖。单层的面积不过几十平方米，楼上是一大一小两间卧室，其中一间完全不透光，我和天真选了那间，每天都睡得很好。另外一间临街，是很典型的日式风格，推开木窗的时候，能听到木头之间摩擦的咚咚的声音。

楼下有个简单的厨房和客厅，在这样有限的面积里，竟然还生生长出了一个天井式的小庭院，下雨的时候雨会直直地落到院内。早上起来的时候天真喜欢煮一壶黑豆热茶，招呼大家喝一口。

在我们要离开的早上，大家在收拾行李，整个屋子乱糟糟的，突然下起了雨，我就这样端着天真给我的热茶，在客厅的落地窗边看着雨落进庭院的样子，然后她突然放了一首王菲的歌，当时的场景下我突然就抽离了，安静了下来。脑子里跳出了我最喜欢的约翰·列侬说的那句话："关于这次旅行我能告诉你什么呢？它比舒舒服服地待在家里不知道好多少倍。"

天真的习惯是到一个地方先解决吃的，所以我们几乎在没有任何明确行程的情况下，提前一个月就开始预订餐厅了。一周的旅行我们几乎把日本所有种类的餐厅都吃了个遍，烤肉、天妇罗、寿喜锅、鳗鱼饭、寿司、怀石，当然少不了有很多很多的拉面。我本身是个规划感没有那么强，对食物也没有那么计较的人，第一次经历这样的旅行却莫名地觉得很有安全感，不知道第二天要去哪里玩，却明确地知道第二天要去吃什么好吃的。我是第一次意识到好吃的东西除了味觉上的幸福感之外还能给人带来安全感。

多人一起出去旅行是很容易有争吵和争执的，但和天真出去不会，我和她非常容易达成共识。去一个地方，你想不想去，如果不想去，你想去哪里，她会明确地表达是很想去，也可以去，还是不想去。最后实在共识不了也没有关系，我们可以各自自由活动，最后约定地方碰头。这样的沟通对我来说实在是很棒，在我没有主见的时候跟着她就行了，因为她总是有主见；在我有想法的时候，只要表达就能得到尊重，她会在她的行程中把我的想法一起规划进去。我喜欢被她带着走，因为她看似强势的背后其实所有行为都透着对周围人的尊重和照顾。

一个人为什么需要旅行呢？我在跟着杨天真旅行的路上找到了答案。

旅行会把我们扯到一个平凡生活的平行空间当中，我们在这个过程中看到另一个自己。而我们总会因为生活平淡而忽略掉一些不平凡的时刻，比如，一次成功的早睡，闹钟响了一声就起，水杯打翻了但没有生气，勇敢地拒绝了不喜欢的东西，每一次内心挣扎后的自我和解。

这些对于外人无关紧要的小小变化，平行的时空体验，都会积攒成支撑我们不断向前的巨大勇气。而我们也会在这些生活的缝隙里看到自己，遇到自己，肯定自己。

三

我过去十年每年都会写当年的 todo list。从来没有想要去旅行的地方，但 2024 年的 list 我写了好几个想去旅行的地方，也写了好几个想一起出去旅行的人。

日本的行程结束之后，我被天真戏称为最容易叫出来的朋友，但是真的只要是她的邀请我几乎都不会犹豫，是说走就走的类型。

新年的时候我们一起去了南美洲，去了离赤道最近的火山，也到了神秘的亚马孙雨林。那是我去过最远的国家，这段经历对我来说很重要，具体说起来就是让我对人的感受有了新的见识，我在别人身上感受到了完全不一样的人生轨迹，但我们却相遇在了这里，真的很奇妙。

从南美回来之后我会突然收到朋友的信息:"我刚看到你吃虫子的视频了。"我心领神会,追问道:"你和天真在一起呢?"答案总是肯定的。我和天真讨论过这个事情,我说你为什么那么爱给人看我吃虫子,她说她在炫耀,有那么勇敢的朋友。我说,我觉得在你心里我品牌做十个亿做上市都比不上我吃虫子来得骄傲。她说,是的,做十个亿的人很多,但在那个时候吃虫子的只有你一个人。

2024 年 3 月 4 日 23:13,天真发了一条朋友圈,她说:"今年的心愿就是工作的时候非常努力,然后空出时间和好朋友们,和我喜欢的人一起走遍世界。因为我真的太热爱这个世界了,想把没看过的地方都看看。"

这是我 2024 年最能感受到力量输入的时刻,想热烈拥抱她的同时也在心里许了一样的心愿:努力工作,然后和我喜欢的人一起去更多的地方,去遇见不同的人和事。

和好朋友旅行是世界上最快乐的事,没有之一。不管去哪里,做什么,"在一起"的任意瞬间都弥足珍贵。即使,是那些充满失落、沮丧的时刻。

游历的过程像是一次"自我刷新",它无法解决现实层面的难题,但站在山川河流面前,人的心胸会因此而宽广,一切现世的烦恼都变得渺小和不值一提。我认为,切实感知过世界辽阔的人，更能纯粹享受当下的美好，真正地观内在、破我执。

出发南美前收拾行李的晚上，我住在天真家，她塞给我一本《悉达多》，让我带在路上看。黑塞在《悉达多》里写道："所谓的我，就是过去一切体验的总和。"我们在雨林里坐着冲锋艇看日落迎暴雨的时候，我总会想起这句话。旅行是一场对世界的探索，更是一场与自我的深刻对话。这本书记录了天真不同旅途中的自我思考、心境的转变，那些同样让我们感到迷茫的人生问题，她给出了自己真挚的"参考答案"：如何与你爱的人告别；如何审视自我与他人的关系；如何面对不确定性和自身的恐惧……

在阅读此书的过程中，你会发现天真柔软、细腻的那一面，她用真诚的文字将自己展露在读者面前。天真在书里说："人生的修行没有尽头，我终将重新踏上旅程。"

祝福她，继续向世界走。

章子晗

送自己奢侈的礼物

自序

这么多年来,我总在一些矫情的文章里写出"时光如水",我其实理解到的仅仅是"时光",却没有真正体会过"如水"的意思。

此刻——每一天没干什么,时间过得很快,却不慌张。这一点很重要,有时候,快带来的匆忙感会让人生虚无,但这种不慌张,就是一天天自然地流淌着。每天大概要睡十小时,饿了就吃点东西,饱了就继续睡。闲时读书,忙时写书。这大约就是,如水的状态。

很多时候,我都一个人开着车在高速上飞驰,有时候又在山林间的小屋发呆。从一个极致紧张的时间表里挣脱,付出了极大的代价来换取了这种无所事事。

一个人的时候不觉孤单,也不会寂寞难耐得要找人陪伴,而见到许久不见的朋友又真心欢喜。

去那些几年没去过的曾经熟悉的地方,看世界的无常和有序。

过去的两年多,我以前所未有的速度向外扩张,向前奔跑。身处一种不同时干几件事情就叫浪费时间的极致状态中,去挑战一个个只有自己给自己下单的终极任务。

经纪人生涯训练的一种"使命必达"的目标感和意志力,让我恣意地挥洒自己,在人群中周旋,在拆解目标中完成进度。

即使坠入行业不可逆的下行周期,我都觉得可以凭借一己之力逆风而行。骄傲是一种向上的力量,同时也会让人进入巨大的盲区,而一个人盲目向上的时候,风险也是巨大的。

很多时候我会咨询不同人的意见,然后做出和建议截然相反的决定。有时候我会斩钉截铁地做出一个决定,过不了多久又斩钉截铁地推翻。当然,我享受着高效的行动力带来的便利结果,同时也失去了细枝末节的触点。

我是敏感的、坚强的、豁达的。那么我的脆弱、我的小家子气和我的不甘心都去了哪里呢?一个人只要不是圣人,就不可能没有这些个人化的情绪。

是没有人可以让我放肆?还是没有机会让我任性?人生的收放自如,往往都是经历了大起大落之后发现了不过如此,而我还没有经历过真正的失败周期,哪里来的这些不喜不悲的淡定?会不会一切都是我建立在情绪稳定任务上的假象?

即便我不缺乏直面自己的勇气和追求真诚的心态，在自我探索的真相上，仍然是迷雾重重。人生的真实与事实之间尚有着千山万水，我，一个普通人类，又何来智慧去解锁？

眼前，泡了一杯普洱茶，点了一支香薰，放了一首音乐，再远点，是一片郁郁葱葱的小树林，再远点，是高速上的川流不息，再远点，是白云悠悠和群山巍峨。

我的思绪漫无目的地流淌，敲下了此刻没有什么目的和主题的文字。自打做短视频以来，我被训练出了在一两分钟内完成最精准口语表达的逻辑能力。

然而很久没有关注自己的情绪细节了。

因为当人高速奔跑的时候，没有必要关注情绪，它们确实很容易就走了。但是留在身体里的痕迹，那些我也感觉到受伤的、危险的、不安全的时候，我是否真正自愈了呢？那些想到就可以泪流满面的画面，那些不曾说出的话，还有那些深深的悔意，我是否原谅了自己？

远行，是一种抽离，也是一种求索。

小时候，同学们的理想都是成为科学家或者伟大的人，我却执着于想要走遍世界。现在的我，有足够的能力支配自己的时间，也有了能支持自己走遍世界的金钱，于是我毫不犹豫地选择远行。

我身体力行地实践了"读万卷书，行万里路"。走遍了六十多个国家，走进丛林也停留城市，目睹奢靡也享受自然，真的觉得自己很幸运，这一辈子活得何其浓郁。

2022年下半年，我一个人出门旅行了四个多月。这种强力从现实生活中的抽离和与陌生地域的碰撞，是为了梳理很重要的人生命题：我的下半生想要如何度过。

人有时候在日复一日的规律中是没有办法跳脱出来以一种更大的视角来观察自己的，而遇到一些新的人、新的生活方式才会看到世界的多样性。

不断地出行，不断地遇见，遇见山山水水，遇见多样性的人类，遇见宁静与喧嚣，遇见放肆与深思，遇见真正的自己。

我的前两本书是根据自己过往的人生经验,分享了关于沟通,关于人性的观点。而这本书,是我的"万里路",是我与陌生世界的精彩碰撞,那些所思所得,是通往人生智慧与通达的必经之路。愿这些分享,能帮你走上自我探索之路,愿每位读者,都能先"去",然后再"遇见"。

杨天真

目录

我的风情万种与意大利的时尚精神
意大利

浪漫主义，或许就是自然而然
希腊

假如时光倒流四十年，你愿意回到过去吗？
古巴

属于『她』的每一种颜色都很美
美国，纽约

110　　　086　　　074　　　058

I/ 去遇见

所谓无条件的爱,真的存在吗?
美国,ESALEN

原来爱,就是记得
墨西哥

闯入等级森严的世界,打破常规与标准
英国

往哪走?别无选择,但能一往无前
瑞士

塞纳河畔,日光与日常皆是体验
法国,巴黎

050　040　030　016　002

II

去"遇见"。

无与伦比的马拉喀什与奇异色彩
摩洛哥
194

愿意即新生,日日是好日
日本
212

好奇心不止,在赤道之国寻找神奇动物
厄瓜多尔
234

『你当像鸟飞往你的山』,深山给予坚定的力量
秘鲁
256

从起点追溯,我是谁?
江西,南昌
270

静心而行，理性偶尔失控的体验
西班牙
128

自洽之后，便是通透
泰国
144

制造出的繁荣，是否指向此心归处？
迪拜
158

冰封世界见证，相爱的人，终将重逢
冰岛
168

归与去的交汇，生命原始的意义
肯尼亚
184

愿每位读者,

　　都能先　"去",

然后再

　　　　"遇见"。

所谓

  无条件的　爱,

    真的

    存在　　吗?

美国，ESALEN

壹

很多年前，我和一个朋友发生过争执，他说他在人生里追求的就是无条件的爱。当时他正在旅途中，看了一部由妮可·基德曼主演的电影，大概是说女主角收养了几个非洲孩子，给予了他们无条件的爱。而我对这个观点非常不能接受，我觉得这世界上不会存在无条件的爱。爱本身是一种交互行为，没有回报的付出是短暂的，或者只是执念，不是说爱是为了回报，而是如果爱没有回报，就不会持久。当时我们争执得不欢而散，而我对爱的看法十分牢固。

如果你问我，我的生活里有爱吗？

我会坚定地回答你，有亲人之爱和朋友之爱。在这个阶段，肯定缺乏男女之爱。因为亲情产生于血缘，友谊产生于志同道合甚至历久弥新，但是爱情产生于荷尔蒙，往往开始处于高点，之后就逐渐降低。我总是在思考自我与周遭人物的关系，总是在思考什么是独立的自我，什么样的关系可以更好地融合我。

●●

2022年10月下旬，我参加了一个训练营，主题是自我对话和内心成长。不少同行的朋友带着要解决的问题来到这里。可能有关系上的烦扰、心绪的起伏，或是遇到了人生困境，总之，希望能寻求一些答案。我细细思索后，觉得自己好像实在没有什么等待解开的心结。我处在一个平稳的状态很久了，在很长一段时间内，我都觉得自己不需要这些外力，而且我讨厌洗脑式的情绪绑架。我自觉已经常常与自己的内心对话，或许不需要专门去做这件事。但在我游荡的这几个月，可能因为人变得更开放，于是带着"也许有很多看不见的盲区等待碰撞出来"的心思，飞去了旧金山。

ESALEN位于旧金山和洛杉矶之间的一号公路旁边，这是印第安人最早发现的地方。每间房间都是最简单的小木屋，依山傍海，一眼望去是一望无际的太平洋，山上树木郁郁葱葱，充满浓厚的自然灵气。悬崖上方是温泉区，晚上，紧贴着悬崖泡着温泉，看着天空中的半月，听海浪拍击峭壁的阵阵咆哮声，有一种抽离出现实世界的清冷感。第一天晚上，我一个人沿着幽静的小路从悬崖温泉走回小木屋，路上还遇到了两只觅食的小浣熊，心情非常放松，很高兴来到了这一片与世隔绝充满灵气的地方。

姑且称这里为度假村吧，这是一个没有任何娱乐设施的地方。只有在餐厅的那栋楼里，中餐和晚餐的时间有 Wi-Fi 信号，其他时间和地区基本连 4G 信号都没有，我们被要求上交了手机。这里没有酒精、香烟以及任何刺激人情绪的物品，连食物都非常清淡，大部分时候都是豆腐、茄子、花菜和面包等西式自助做法的各种素菜。这对我这样喜辣爱肉的人来说是一个挑战。但这一切设计的本意，就是减少外界对人的欲望的刺激，让人专注于自身的探索和觉知。

* **一个与世隔绝的灵气之地**

餐厅门口有一条大长椅，高高的，可以并排坐七八个人，每天我们就伴着海浪的声音在这里吃饭。不远处的大草地上有一棵大树，古树的枝干挺拔，枝丫却略微低垂。一阵海风吹来，叶子沙沙摆动。树下有两把躺椅，可以让人放松地躺在那里。我每天带着一杯难喝的咖啡来到这里看日落，时光仿佛静止，只有太阳一点点消失在海平线下，提醒你岁月更迭。我躺在那里，看落日余晖如何蔓延开来，静静笼罩整个山谷。我总说自己内心足够稳定，直到那一刻，才体会到了那种没有丝毫杂念的平和。到现在我冥想的时候，还总是会想起那棵树、那把椅子和那片海，很快就能平静下来。

上课的安排总是固定，每天早上大约六点起床，八点开始上早课。有时六点之前，会有老师带我们去运动。吃完午饭，下午又上课，再吃晚饭，晚上接着上课，十一点下课后才睡觉。我从未那么规律地生活过。在那个阶段，不需要吃褪黑素，也不需要做其他有助睡眠的事，因为体力消耗非常大，每天又几乎都在吃素，饭菜里也没有辣椒，一开始我感觉非常不适应，有点难熬，但奇妙的是，身体和内心却越来越松弛。当完全沉浸其中时，竟然会觉得时间过得飞快，怎么这么快就结束了。

这里的课程也是我没有体验过的。在上课的过程中，如果别人打断了你的讲话，老师会在下课后进行复盘，并问你被打断后的感受如何。起初我觉得我们并不需要计较这些细枝末节，但老师建议，就是要在这样没有俗务的环境下，更细节地探讨自己的感受，更关注自己内心的变化。因为在日常生活中很少有这样倾听自己想法和关注他人的机会。在这里，关注到这些感受后，我们才能更懂得自己的真实感想，然后再去建立与他人的关系。

我做了两次呼吸练习。上呼吸课时，老师让我们躺在地上做急促呼吸，大约五分钟后，耳畔开始传来声音，这些声音越来越多、越来越响亮。我听见有人在大哭，有人在大笑，但我始终没有感受到任何情绪上的波动。我开始怀疑自己是不是还不够专注，然后再跟自己说，此刻不要思考，去听音乐。当我随着音乐的波澜起伏，开始想象自己在巨大的帆船船头跳舞或是站在城墙上跳舞，越跳越感觉心情愉悦，之后便躺在地上手舞足蹈。

第二次练习时，我依旧没有强烈的情绪。当时周围有人情绪崩溃大哭，我试图用手触摸胸口，感受心脏深处是否有未被突破和宣泄的情感，然而依旧没能进入大的情绪。不同于想象的是，我听到了呼吸时胃部疼痛的声音。以前做胃部手术时，我从未觉得它是疼痛的，但在呼吸的瞬间，我感受到了。或许在这个时候，人才会专注于自己的身体、心灵和想法。后来我和老师讨论这个问题，她说可能你本就没有这种隐藏情绪，因为平时情绪都表达出来了，它们就不会在一个新开辟的出口蜂拥而出。但是我听到了来自身体的声音，那是平常隐藏掉的对自己身体的不关注。

* 坐在这里看落日,理解了什么叫日复一日

我开始想，或许可以试着进行更深入的修心尝试，比如冥想。冥想是通过进入深度宁静的状态，增强自我认知的心灵自律行动，实现这个过程需要达到无我的境界。之前很多朋友都建议我冥想，但我发现自己很难做到完全摒弃外界影响，每当手机放在一边，超过半分钟，我就不由自主地想要去看它。在这个山谷里，我已经逐渐适应了那种只关注自己和周遭环境的日子。在上完呼吸课的那个晚上，我坐在属于我的小木屋里，注意力凝聚、集中，在一切都变得安静的刹那，整个人仿佛跌入一汪舒适的温泉，我的意识则在那泉水中被净养、被温润。我再次感受到自己的内心正在经历温和的进化。

体验了这么多，我觉得是时候再审视一下我与他人的关系了。

我去上了非暴力沟通课。虽然以前读过《非暴力沟通》这本书，还在直播间卖过，但上完课后，感觉自己之前白读了。暴力沟通是指我们与他人在沟通过程中产生无意识的暴力，有时是武断地下结论，有时是不留情面地批评，有时是毫不掩饰自己的不信任。这种沟通会带来伤害是因为它多发生在亲密关系中。在职场和社交场合我们往往有根筋会提醒自己语言的分寸感，反倒在亲密关系中，我们面对最亲近的人，经常在语言上施与暴力且毫不留情。很多时候，我们会因为不信任或自我表达欲过剩给他人带来很多否定。这种基于自我表达的沟通方式战胜了照顾对方感受，在沟通过程中产生大量否定句，比如，你这样不对或是你那样不好。而且有些时候，说话人会以"我都是为你好"为出发点，在讲这些话时会变得更加理直气壮。本质上，这些行为都是伤害他人的，而人们总是习惯性用语言暴力掩盖自己的真实情感。

在老师的讲解和课堂练习中，我意识到日常沟通中有很多表达方式伤人伤己，我也曾受到这样的言语伤害。然而，我们习惯了这种沟通方式，很容易被他人否定，也就很容易否定他人。之前我一直自豪于自己的沟通技巧，直到上完课后，我才清楚地认识到原来我跟他人的对话中也存在暴力，里面充满了大量的主观想法。在那之前，我没有意识到这件事，或者说，没有那么明确地感受到那样做是不对的。

在所有课程中，有一个练习对我产生的影响最大。这个练习非常简单，让所有人站在教室里互相对视，过程大约持续三十秒，对视完后大家互相拥抱。看似简单，实则深刻。在此之前我很难想象这种场景，一群来自不同地方、对彼此完全不熟悉的陌生人相聚在地球的另一端，默然对视着，竟会徒生出难以言状的氛围。我看见有人眼里变得湿润，有的人真的流下了泪水。而我感受到的是一种无声却奔腾的力量，它们涌向我，包裹我，温暖又温柔。对方想把所有爱的能量给我，且没有任何要求，接不接受也是我自己的事情。当我被凝望的时候，我感受到了对方想传递给我力量，不是出于任何目的，而是纯粹地想要温暖我。

之前，我从未感受过也不相信这件事情的存在，经过这番练习后，我感受到来自不熟悉的人的善意和爱。我也学着释放这种能量，它会让人与人之间变得亲近。不是希求回报的投入，而是一份纯粹的给予，仅仅是希望对方更好的善意。我模模糊糊地感受到，也许这就是无条件的爱。

* 退休的时候，想找这么一个地儿待着

因为爱自己是人的本能，所以无条件地爱自己并不难。大多数无法做到爱自己的人，是因为在成长过程中被提出了太多要求，经历了太多批评。有时和朋友或同事聊天，我发现他们中的一部分人没有任何取悦自己的手段，总是需要得到肯定，永远活在别人的期待和要求中。他们无法跟自己说，我做好了或我开心了，这样就够了。我总是觉得，在成长过程中，没有人给予过他们无条件的爱，因为所有人的爱都带着条件。我们在这种模式里被训练长大，很难肯定自己，更难做到给予别人无条件的爱。我想了很久，其实无条件地爱别人也可以很简单，只是表达我爱你，我不需要你的回报，也不需要你为我做任何事。我今天想对你好，所以我就对你好。

很多人说爱自己，其实是对自己建立了一个奖惩机制，比如在工作中感到辛苦时，就要给自己买包，这样才说得过去。但这些奖惩机制都有一定条件。实现无条件的爱最重要的是了解这种力量的存在，才有能力传递给他人。在那堂课上，虽然感受稍纵即逝，但仅是一个简单的眼神和短暂的拥抱，当对面的女生闪着她的大眼睛看着我时，我能感受到她在传递自己的能量，让爱包围了我。

在成长过程中，我经历了太多关卡，去过太多地方，见过太多人，做过太多事情。这些事情和感受积累在一起，让我变得更勇敢，知道世界更广阔，可以更专注于自己。我一直都很喜欢自己，没有一个阶段是厌弃自己的。在日常生活中，一些朋友或许情绪起伏很大，当一切顺利时，他们会觉得自己很棒，遇到困境时会觉得自己很糟糕，但我从未产生过这种感觉。过去这些年，无论是发胖，还是遇到不顺利，我都不会觉得这是自己的问题导致的，甚至伤心也比较短暂，不会沉溺其中无法自拔。一旦意识到自己受伤或不适时，我会立刻开启自救模式，开始安慰自己，从各个维度给自己鼓励。因为愈合速度也比较快，所以从不抗拒尝试。我始终相信，没关系，大不了受伤，伤口很快就能愈合。但在这个世界上，除了无条件爱自己，还可以无条件爱他人。实际上，我并不确定自己是否具备这种爱人的能力，因为真正的无条件的爱意味着，我只是想给你，是一种人本身的纯良和对生命的尊重。我相信这个世界上存在这样的状态，也知道这世界上有这样的缘分。以前听一些人讲美好到极致的东西，或人与人的关系时，我会觉得对方过度理想化。但现在我觉得只是因为自己还没有进入那个状态，未来或许有一天我也会这样去爱别人。

之后再做练习时，老师要求每个人都写一封信，给任意一个你想写的人，表达一下此刻的感受。这让我想起一件一直刻在我记忆深处的事情，于是我给开篇提到的那位朋友写了一封道歉信，告诉他我当时的理解是偏颇的。这世界上，存在着无条件的爱，只是我不懂得而已。

人生需要不断学习才会产生新的认知，自以为是地了解自己始终处于屏障之下，更遑论理解他人。我开始学会不再过度对他人下定义。以前和陌生人待在一起时，我会观察每个人的表达，并在心里默默地评价他们。然而，在相处一个阶段后，我才明白每个人都有自己的故事，未知全貌，何以置评。以前我习惯通过他人的行为判断他是什么样的人，现在想来很多都是片面且毫无意义的。每个人的成长轨迹都独一无二，每个人所表现出来的行为都有背后的原因，我们没有资格仅凭一时的表象来评判他人。在与人相处的过程中，我开始注重寻找相处之道，这样才能更理解对方当下行为的原因。我也开始有了新的行为习惯，现在每当愤怒、生气或产生剧烈情绪时，我都会探索背后的原因，了解情绪产生的根源，并顺着根源接纳情绪或消化情绪。过去我已经可以处理情绪，但可能只停留在关注现象和情绪的出发点，现在我觉得产生情绪背后的原因才是我们应该真正在乎的东西。

我对自己有了革新性的探知，这里的草木山海也让我真正享受了来自内心的自在和欢愉。但我也明白，人生的修行没有尽头，我终将重新踏上旅程。我和朋友发现过几天就是亡灵节，于是我们相约一起去墨西哥。

* 素食餐厅，再也不想来了

原来

　　爱,

　　　就是　　记得

墨西哥

贰

我经常因为看了一部电影而想去一个国家或一座城市。比如多年前我执着地想去墨西哥城跨年是因为看了《007：幽灵党》。开篇十几分钟浓墨重彩描绘热闹喧嚣万人狂欢的亡灵节，使得我对这个色彩绚烂的地方充满想象。当年在墨西哥城待了三天，记忆模糊，印象最深的竟然是在弗里达·卡罗（Frida Kahlo）家门口连排队的耐心都没有，和我的同伴吵完架扭头就走的瞬间，于是墨西哥留给我的记忆一片模糊。两年后又看了一部泪流满面的电影《寻梦环游记》，再度点燃了我要在亡灵节去墨西哥城的想法。很多时候对陌生城市的匆匆一瞥，只得浮光掠影，而参与某种进程，才能与这个地方发生一些真实的关联。2022 年 10 月底在旧金山完成了我人生第一堂心灵课程后，时间刚好和墨西哥亡灵节无缝连接，而从美国西部飞去墨西哥城不到两小时，就像一种天时地利人和的暗示，我和我的朋友们飞去了墨西哥城。刚刚深度思考过"生"，又来触碰"死"。

这是一次完全不同的旅行记忆，让我对这个城市、对关于爱和死亡的话题有了全新的认识。我进行了唤回记忆的旅行，仿佛这个城市没有来过，却在记忆碎片中重新排列组合了我对人生的理解。

我们住在一个很美的艺术酒店 Condesa DF。上次我和朋友们从这里路过，酒店的扇形墙面设计给我留下了深刻的印象。虽然全球酒店价格暴涨，但我还是狠心订了这个很美的艺术酒店。我对酒店的预算一直有严格控制，虽然我现在有能力住得起每个城市最好的酒店，但有的旅行是整日在外面玩耍，只是回来睡一觉，我觉得简单干净的快捷酒店即可。而有的旅行就是要待在酒店房间里，或者酒店本身是个景点，可以留下预算，享受建筑设计和酒店服务。

亡灵节（Día de Muertos）类似中元节，从10月31日起，墨西哥举国欢度"亡灵节"（也叫"死人节"）。11月1日是墨西哥的"幼灵节"——祭奠逝去的孩子，11月2日是"成灵节"——祭奠逝去的成年人，这两天通称为"鬼节"。墨西哥的这一节日既与西方的"万圣节"有相似之处，又不完全相同。表现了浓厚的印第安民族文化特色，家人和朋友团聚在一起，为亡者祈福。在墨西哥，亡灵节是一个重要的节日。庆祝活动时间为11月1日和2日，与天主教假期万圣节（11月1日）和万灵节（11月2日）相同。传统的纪念方式为搭建私人祭坛，摆放糖骷髅、万寿菊和逝者生前喜爱的食物，并携带这些物品前往墓地祭奠逝者。

11月1日，墨西哥城人头攒动，几十万人走上大街，每条道路都人满为患。脸上画着骷髅装饰的人们欢乐地在大街上游走，尤其是宪法广场附近，像嘉年华一样，到处都是画鬼脸的摊贩和卖各种食品饰品装饰物的人。有人在脸上贴上简易饰品以示参与，也有人精心打造了面部妆容。我则在各种头饰里寻找令人心动的色彩元素，直到我看见一个粉红色的骷髅，价格略高，摊主有点小帅，看上去艺术气息很足。我谈好价格后，他就开始在我脸上进行创作。流水线一般十五分钟一个，他大概给我画了一个半小时，比我平时参加活动化妆还细。脸上涂满油彩，尤其是眼睛部分，红色打底，黑色相间，撒上亮片，嘴唇部分更是画了缝合装饰。全脸再用白色水彩勾画出巴洛克风格的纹路。虽然我的同伴们等我等得有点急躁，但是看到我的装容，他们都忍了。再加上我在希腊买的民族风格的粉绿条纹连衣裙，马上变身红粉骷髅。

所有人变装完毕，马上进入拍照模式。大街上人来人往，各种哥特风格的骷髅合影。街道上人头攒动，如同当年看《007》开头那段川流不息的场景。亡灵的脸就是骷髅，整个广场上几座巨型亡灵女神的塑像，头部是骷髅的样子，头上是花朵的装饰，身上穿着色彩各异的连衣裙，丝质的衣服在风中飞舞，像一面面彩色的旗帜。到处都是装容各异的人，他们唱歌、跳舞，热闹极了。我们也被这种氛围感染了，顺着人群漫无目的地走，买吃的、买喝的，和他们一起享受这份热热闹闹的快乐。广场上到处都是小摊贩，还有街边店。墨西哥不愧是玉米之国，你能想象的玉米做成的各种食物这里都有。最后我们顶着一脸骷髅妆坐地铁回酒店，虽然奇装异服，但是周围人没有任何不适，还热情地和我们打招呼。

* 被面具覆盖，有时候更自由

* 私人祭坛，摆放糖骷髅、万寿菊和人们的思念

在回去的路上，我们已经在盘算着世界各地还有哪个地方的节日如此集体躁动，巴西有狂欢节、泰国有泼水节、中国的春节有庙会。晚上卸妆至少花费了一小时，油彩必须通过卸妆油一遍遍消除，到最后皮肤已经发白。

如果第一天的幼灵节是一场狂欢，那么第二天的成灵节就是一场生与死的对话。这一天行程太满，一早醒来去墨西哥国家历史博物馆参观。我一进去就被各种泥塑造型惊呆，第一次看到国家博物馆里用泥塑来讲解历史的，我有点入不了戏。于是一个人跑去本地品牌的街区逛小店。墨西哥文化里的色彩和编织感都非常出色，本地设计师利用民族元素和当地人的手工作坊制作的当代服装很有特点。可以说我大买特买了一通。下午又去 Frida 家门口，依旧队伍很长，没有预约买票进不去。之后就去了郊区坐木船。几年前来这里的时候不能说门可罗雀，但是也没有乌泱泱，也许是亡灵节带来了旅游旺季，每条船都被游客坐得满满当当，我们几个在船头放音乐跳舞。晚上又奔赴了最著名的亡灵节传统保留得最好的小镇 Mixquic，这里在墨西哥城外约两小时车程。一路都是黄土路，停车场就在一个大篷车演出场地隔壁。走过一个个红白相间的大帐篷，有一些多年未见的吞剑表演、人蛇共舞等，梦回儿时的可怕回忆。走过人潮汹涌的夜市，吃了最地道的 taco（墨西哥卷饼），现炒的各种牛肉和辣椒，混在面饼里一口咬下去，汁香浓郁。

墨西哥讲的是西班牙语，对我来说，这里基本就是一个语言不通的地方。但当我来到墓地时，看到每一座墓碑被金黄色的大菊花铺满，看见高高低低的白色蜡烛装点着墓地，看着脸上画满骷髅装饰的人们，竟然有一种人类的悲伤是相同的感觉。这里的一切场景都与电影《寻梦环游记》里的一模一样。墓地的中心是一座老教堂，每到半点钟声敲响，有一种深深的联结感。每家人都会把墓地打扮得很美，在上面铺满黄色的菊花和白色蜡烛，还会放着酒和食物。所有人盛装打扮好后吃着喝着，等待着零点钟声响起的那一刻，这意味着祭坛上的亲人会突破时间的界限过来和他们相见，一起唱歌跳舞。在墨西哥文化中，亡灵节就像一场大 party（派对），它是一场与逝去亲人的再次联结。大家选择每年在一个固定的时间团聚，在聚会上载歌载舞。

关于死亡文化，这里和东方的仪式感大不相同。亚洲文化中的祭奠仪式通常都很安静肃穆，我们会给亲人烧纸，希望他们在另一个世界幸福富裕，同时会祈求他们保佑我们，保佑我们的子孙后代，让我们在这个世界也幸福安康。甚至活着的人会多一点"索取"，渴望得到"庇护"。我们好像没有这种"party"文化，千山万水来相聚一次，然后在自己的世界里各自安好。

亡灵节后，我们选择飞往一个非常偏远的叫作埃斯孔迪多的海港，那里几乎只能搭乘小飞机由墨西哥城往返。在没有信号的路上，大约开了两小时才抵达预订的民宿。山路不仅狭窄，还是未经开发的树林，只能容许一辆车往上开，两边的藤蔓遮挡得几乎让人觉得就行在绝路。上山之后，只能选择步行。在曲折的路上走了很长时间，到民宿的一刹那，豁然开朗。这是一个简单的两层结构，就在悬崖边上。下面是两个卧室，楼上是餐厅和无边泳池。质朴的建筑结构和木质风格，每个房间有门，没锁。小动物四处穿梭，而下方是一望无际的太平洋。海风徐来，一片宁静。在悬崖上方，鸟儿盘旋，也时不时落下来到泳池喝杯酒。我们每天睡到自然醒，看日出日落，听浪打沙滩，静下来做冥想，然后一起炒几个鸡蛋，度过一天。

虽然这里很美，但我知道我此生只会来这里一次。这好像是我人生中第一次感受到什么叫"一期一会"，就是纯粹享受当下的美好，而不为以后做期待。像我这样欲望充沛的人，遇到好东西总是希望可以重复，甚至一直拥有。为什么人一生只会见一次，明明喜欢就可以再来。此刻我明白了，因为现在已经足够好了，这个记忆足够支撑未来的回忆，所以不必再相见。

我之所以选择去这个小海港，是因为我们在小红书上看到了安藤忠雄的建筑。然而离开那天看到那个建筑时却大失所望，但似乎也没么要紧，因为目的地有时候只是一个理由，你要去往一个地方的原因，谁又能想到这个民宿才是这次行程的灵魂所在。就像我们的人生有时候只是找一个目标，最重要的经历不是抵达，而是在路上。

最后那天晚上，我们几个朋友一起重看了《寻梦环游记》。

这个故事讲的是小男孩想成为一个音乐人，而家里人集体反对。小男孩误以为自己的太爷爷是当地传奇音乐人，在亡灵节的时候去了世界的另一边想找太爷爷。而太爷爷却因为唯一记得他的女儿，也就是小男孩的奶奶 Coco 年纪大了，快要忘记他而在亡灵的世界烟消云散。因为这个世界的规则就是，当真实的人类世界里没有人记得你，你就会魂飞魄散。我们在这个陌生的、安静的、原始的海边小民宿里一起在深夜看了这部电影，当《记住我》音乐响起的时候，我们泪流满面。

经历亡灵节的狂欢和太平洋的宁静之后再看这部电影，我突然理解了，原来爱就是记得。

以前我总觉得自己不需要被世界上的任何人记得，活着时轰轰烈烈，离开时就坦坦荡荡。光风霁月地活着，挥挥手就走，有没有人记得我都没关系。然而在墨西哥之行后，我的想法发生了改变。如果在另一个世界活着，没有这个世界的爱和想念作为支撑，你也会在另外一个世界消失，不管你以后去哪里，都不会再有人知道和记得你。爱，就是对一个人的想念，当你时不时想起他的时候，就会把他放在心上。

最近我身边总有一些人意外地离开这个世界，我想我已经到了要学会告别的年龄，和朋友亲人告别，终究我也会成为别人的告别对象，离开我热爱的世界。爱得深了也会感到痛彻心扉的沉重，让人想忘却。亡灵节就如同火人节，给了我们一

* 左顾右盼，不如直面人生

个特殊的机会,将爱与节日精神相融合。点燃蜡烛,铺满鲜花,打扮好自己,通过艺术创造般的 radical self-expression(自我表达),表达心里最真的感情。我们不用再试图忘却,我们

* 太阳下班了，去另一个半球上班

可以更积极地将爱与痛，都变成生命中的一个特殊节日，鲜活地流淌在血液里。等节日过后，我们一起回到原有的世界，充满了红色的生命力，继续追求和实践自己的天命。

闯入

　等级森严　的　世界，

　　　　　打破常规

　　　与标准

英国

叁

这几年，我经历了不少职业转型，对各种变化都能泰然处之。每次来到新国家，我都会思考，如果以后在这里安家，我会去做什么，又会从事何种职业？我来过很多次英国出差或旅行，对英国人客气疏离的礼貌感印象深刻。2022 年再次来英国，感受最深的是强烈的阶级感。

我很早之前就定了行程，世界的变化总是大过计划。我到伦敦当天是伊丽莎白女王的葬礼日，整个城市所有店铺都闭店，空空荡荡，只有在举行葬礼的地方人满为患。后来我去牛津大学时，每隔半小时就能听到教堂鸣钟一次来纪念女王。

* 世界无常，行人寥寥

我的朋友和家人就住在牛津，她们邀请我去那里做客。初入牛津大学时，我发现这里的布局与国内大学不一样。国外的大学通常没有围墙，像一个小型城镇，整个核心围绕大学的几栋主要建筑展开。这里除了商业区域外，还有完全不同的校区和校园学院。剑桥的布局和牛津类似，朋友便邀请我去了一些只有牛津和剑桥毕业的人才能参加的俱乐部。

这次来伦敦，我见了几个常年定居在这里的朋友，他们无一例外，邀请我会合的地方都在伦敦众多高级俱乐部。这些俱乐部都是会员制，需要交会费，通常是年费形式，虽然年费并不算高，但是进入门槛很高。俱乐部里可以吃饭，打球，参加合唱活动、演讲活动或学术交流活动等。如果不是会员，只有当你是会员朋友时，才被允许进入。每家俱乐部有不同的标准，比如我第一天去的"5 Hertford street"就是其中最高级的一个。会员可以说非富即贵，而且是推荐制，你能否进入完全取决于推荐人的社会地位和你本身的社会影响力。很多人要等好几年才

*伊丽莎白女王的葬礼日，空气中都弥漫着悲伤的气息

能成为会员。也就是说，首先你要是社会贤达人士，其次你要拥有一些很有影响力的朋友。

比如"牛剑俱乐部"需要牛津或者剑桥大学的毕业生参加，这是个校友联络会，也是社会资源和社会阶层的聚集。假如不是被会员邀请，就永远无法进入。在伦敦，每个人几乎都以自己是某家俱乐部的会员为荣。最早的俱乐部并不允许女性进入，仅允许男性参与。随着时代的发展，女性可以成为会员。其中的规矩仍然非常传统且要求严格，男士必须穿西装并佩戴领带才能进入，女性则要穿裙子才被允许进入。如果不符合俱乐部设定的着装要求，在门口就会被拦下，只有改变着装后，才能重新进入。牛仔裤和拖鞋是完全被拒绝入内的，更严格一点的，男性需要穿有鞋带的皮鞋，女性必须穿高跟鞋。在中国的一些活动，尤其是社交场合也会有 dress code（着装规范），但是很多人不遵守，大部分时候也不会被禁入，但在伦敦却极其严格。

比如一个会员为了邀请你预订了一张桌子，你们点了一瓶酒。如果这个会员离开了，你作为朋友不能再点下一瓶酒，并且喝完这瓶酒就会被邀请离开。

这一系列规定，对我这种自由主义者来说是极不适应的。虽然我每天也爱穿漂亮衣服，我在国内大部分工作也需要符合场合的穿着要求。然而，这种森严的会员制度其实就是某种神秘的力量，赤裸裸地让我感受到社会主义与老牌资本主义国家的社会系统不同。

过去，服装确实是阶级差别的显著标志，但在今天，这种形式显得有些可笑。有一天我和一位女性朋友被邀请去一家俱乐部，她穿着香奈儿的牛仔裤和爱马仕的毛衣，但不被允许进门。于是，我们只能走去 Zara 买了一条连衣裙，这样才被允许进入。如果非要以财富为标准，这种标准又显得浮于表面，从而显得很是可笑。

有一位二十多岁的年轻姑娘邀请我吃饭，也要特别告诉我，今天她约的是一个会员制餐厅。这是她几个朋友开的店，同时也是当下在伦敦最受欢迎的 brunch（早午餐）。我不禁感叹会员制已经深入人心，年轻人也难以避免。当然从商业角度来说，这无可厚非，极少数人可以享受的优越感已经超过食物的美味或者装修的恢宏，成为社交货币中最有价值、最值得炫耀的部分。"人无我有"的底层欲望是所有消费的通行密码，这就是人性。

伦敦拥有众多博物馆，大英博物馆（The British Museum）可以从开馆到闭馆一天都逛不完。十年前，我第一次去伦敦时租了一个中文导览，跟着解说逛博物馆。这次再去请了一个中文解说，我觉得这样逛博物馆效率最高。尤其是当年的大英帝国抢夺了全世界的财富，大英博物馆里的木乃伊藏品比埃及本国保留的都要精致。我是一个博物馆爱好者，可能是对历史、自然、人文、艺术都非常喜欢，而博物馆本身就是集大成者。所以全世界有大博物馆的城市我都会反复去，隔几年看看那些画，和看标本又是不一样的感觉。伦敦的自然博物馆和国家美术馆也是五星级好评推荐。

我来伦敦必有的一个行程是去西区看音乐剧。和纽约的百老汇一样，伦敦西区音乐剧也是当代舞台艺术的高峰。有一些剧目，我看过纽约的版本，也看过伦敦的版本，比如《歌剧魅影》《汉密尔顿》等。虽然我英文水平没有那么好，很多台词也听不懂，但是舞台梦幻、乐章华丽以及演员精湛的表演仍然带给人极大的视听享受。伦敦西区的不同剧院常年上映同样的剧目，有的演员一个角色就能演十几年。在影视甚至 VR 技术高度发达的今天，足不出户就可以有身临其境的感受，我觉得高质量的线下演出尤为珍贵。

我在伦敦，除了和朋友待在一起外，最享受的事情是逛公园。伦敦有很多公园，尤其是独自漫步在海德公园（Hyde Park），看着天鹅在湖中游弋，可以感受都市中的宁静。每次到伦敦都有时差，会醒得很早。就跑去海德公园溜达，走一圈下来两万步，十几公里，体力耗尽，但是神清气爽。

*城市里有公园,幸福感满满

这次我去伦敦时还参观了科茨沃尔德（Cotswold），这里被誉为英国最美的农村。确实如同油画里的场景，这里有很多很漂亮的房子，是英国old money（富家子弟）退休后居住的首选之地。如果没有车，交通确实不方便。我和闺密住在一个乡间小屋，空气冷到无法外出，只能依靠壁炉的温度取暖。

＊风景很美，房价很贵

作为游客，我讨厌特权，可以随时离开，甚至以戏谑的方式看待这里的日常生活。我忍不住开启自己的想象游戏"倘若我在这里生活，我将以何为生"。首先，我不会挑战规则，因为我没有这个能力。其次，我不会顺从我不喜欢的规则，因为我不喜欢，所以我想我应该会先去读书，毕竟英国是读书的好地方，通过读书结交一些本地朋友。然后我会开启一家女性俱乐部。

世界上有很多女性俱乐部，但主要用于交流和艺术展出。因为一直以来，男性俱乐部都充斥着酒精和其他社交。所以我会选择一个安静而优雅的地方作为俱乐部的地址，邀请一些艺术家和设计师来参与设计和装饰，将这里打造成一个艺术与文化交流的空间。

俱乐部将定期举办艺术展览、讲座和工作坊等活动，让大家有机会结识志同道合的朋友，分享彼此的想法和经验。俱乐部还会设立一个小型图书馆，供人们借阅和交流。我相信阅读是一种很好的自我提升方式，通过阅读可以拓宽视野，丰富内心。同时，我希望在这个空间里，会员们能够找到一份平静和安宁，在繁忙的生活中得到片刻的休息。当一部分男性在灯红酒绿中展现自己对世界的掌控时，也有一部分女性在书香文字中探寻内心的真相。

往哪走?

别无选择,

但 能一往无前

瑞士

肆

小时候，我看过一部动画片——《阿尔卑斯山上的少女》，在小学暑假期间，每天都在等着中央电视台播出。我记得爷爷的角色是制作木鞋的，当然也少不了可爱的少女，故事不记得了，但浪漫和纯真的感觉始终留在心底，让我对阿尔卑斯山有着美好的幻想。长大后才知道那部动画片是 1974 年就在日本播出的宫崎骏制作的动画长片。

我之前来瑞士都是去巴塞尔出差和看展，除了在活动现场和酒店往返，没有看到瑞士的全貌，更没有看到阿尔卑斯山。结束巴黎的工作后，我和好朋友乘坐火车从瑞士到达日内瓦，租了一辆车开始在瑞士境内自驾游。

瑞士是一个给人感觉莫名高端的地方，可能是因为制表业、高端医疗，以及羊胎素等都与这个国家有关。每年都有一些朋友要去瑞士滑雪。我大概研究了一下，这个国家确实不大，路上的风景又非常美，非常适合自驾游。在小红书上搜索瑞士酒店，选项非常多，大多是配备了温泉、能看到阿尔卑斯山的酒店。我的第一个晚上定在 Hotel Villa Honegg，这是奥黛丽赫本结婚的地方。从日内瓦开车一个多小时，下高速，进山路，就开始看到明信片般的场景。绿色勾勒出整体画面，远远近近的红色小屋提示着人间烟火的存在，要不是配合上梦幻般的蓝天白云,真的会以为自己闯进了动画片里的场景。

  我们经过漫长的山路转弯才来到酒店。门口停满了车,安静得不可思议。酒店客人不多,被隆重推荐了温泉和 SPA。泳池确实很美,无边界的视线直接把山景和湖景拉到你的眼前。我们两个女孩子穿着泳衣在泳池边各种"搔首弄姿"。当天基本上起了大雾,泳池周围环绕着绿色的草地和树木。我在温泉中静静泡着,洗去了疲惫。尽管外面的天气并不好,我却感到非常舒适和放松。雾气和温泉水连在一起,就像江面或湖面一样,这种宁静让我感到诗意般的舒适。忽然之间,这个世界变得广大和开阔起来,而我在其中可以任意游走,这种感觉让我想起苏轼的诗:"一蓑烟雨任平生"。

* 身陷温润的热泉,世界宽广,而我渺小如尘埃

晚饭在酒店餐厅，没有中餐的地方，即使风景再好，对我来说也是充饥。几年前互联网不发达时，我去非英语国家旅行，都会在当地火车站找书店买一本当地美食画册，然后看着照片去餐厅点菜。无论是瑞士语还是英语，没有图片的菜单对我来说都很困难，尤其是那些配菜，即便加上了厉害的实时翻译，也不再有耐心好好研究，基本上就是把握一下主菜的关键词"beef"（牛肉）、"chicken"（鸡肉）、"fish"（鱼）等，凑合吃个饱。

第二天我们开车去了瑞士的最高峰——少女峰（Jungfrau）。少女峰高达四千一百五十八米，上山有各种方式，最方便的是缆车。车票购买方式让人头疼，很多人来少女峰只买一天内无限制往返的车票，只坐缆车看风景。三百六十度环形的全透明玻璃窗缆车可以将山景一览无余。动态的车厢让眼前的美景真真如画，就像小时候动画片里看到的浪漫和惬意，人生不过就是"竹杖芒鞋轻胜马，谁怕？"

*360度的透明，值得唱一曲

044/ 去遇见

*Top of Europe

到达山顶有一小段不到二十米的步行路程，是雪山顶。这时打开定位会显示"Top of Europe"，即欧洲最高处。当时我一个人戴着帽子口罩扶着旁边的钢索，脚下是雪地，艰难徒步。看到一个亚洲女孩，我请她帮我拍张照片。摘下口罩后她就认出了我，问我："你是杨天真吗？"我以为她要合个影或者做其他事，结果她告诉我，自己是留学生，正在找工作，问能不能发简历给我。我当时发出一阵爆笑，觉得她太可爱了，还给了她我的微信让她联系我。

我们下山后继续开车前往另一个小镇的温泉酒店。在这里，我经历了旅行几十个国家中最恐惧的两小时。

一路上风景如画，夕阳在远方的山上缓缓坠落，车上放着音乐，我们唱着歌，心情极度舒畅。行驶中，路由公路变成盘山路，接着又变成山间小道。风景依旧很美，但是路越来越不对劲。有多小呢？只能一辆车单行，感觉应该是牧羊人走的山道。这时候我看向远山那条如线条般的窄道，终于意识到我开错路了。肯定是在某个路口错上了小路，导航自动改了路线，此刻已经没有信号了，完全依靠刚才离线下载的路线前进。我把地图收缩了一下，看着能到终点，虽然有点慌张，但是也不觉得走了冤枉路。但开着开着，道路的一侧变成悬崖，没有保护措施，如果此刻遇到对向来车交会，我将只能静止在路上。这也就算了，继续开着，山间起了雾，天色渐渐黑了下来，能见度不到十米。我开始慌张起来，不敢继续往前开。山路也没有任何可以掉头的地方，我试图打电话给酒店，但是也无法说出自己此刻的位置，得不到任何有用的帮助。

身边的朋友不会开车，虽然她也有些紧张，但也一直在安慰我。此刻我终于体会到人生的进退两难。远方的山云雾缭绕，近在眼前，却远在天边，我越开手越抖。路上偶尔经过一两个小木屋，我都想要停车求助或者借宿，等明天天亮再继续。但是木屋里没有任何灯光，看上去是无人的存在。在我情绪快崩溃的时候，对面出现一辆车，而此刻山路正好出现了一个转弯豁口可以交会。我赶忙停车打了双闪，喊停了对方。开车的是一位老奶奶。我终于在山上看到了另外的活人，赶紧问她到底要怎么去我的目的地酒店，并且问她，这条路这么难开，我该怎么办。我感觉我说话的时候声音都在发颤。老奶奶非常淡定，她说我开到了一条错误的路，并且告诉我别害怕，只要我一直往前开就会到正确的路上去。我到现在都记得她的原话：

You drive drive and drive, then you will come out the way.

"你只能往前走，你没有别的选择。"这句话就像我人生经历过的每个关卡，在每一个不知道如何向前，更不知道如何后退的时刻，在每一个卡顿住自己的瞬间，我最后都沉下心来，一咬牙一跺脚地选择了一往无前。这时候我跟我的朋友说："你放心，方向盘在我手里，我会对自己的生命负责，所以你也不会有事。"我依旧茫然地在黑夜里开着山路，但是没有那么害怕了。因为我开的速度实在太慢，大概过了一小时，终于到了一个有点像工地的地方，这时候遇见了一个开着卡车的人，我喊停想确认一下道路，结果下车的是一个年轻女孩，她看上去非常轻松地驾驭了巨大的卡车。我惊讶地问道："这么长的路，你不怕吗？"她信心满满地回答："我不怕，我天天开。"她给我指了指道路，并且很开心地告诉我，很快就能到目的地了。被她快乐的情绪感染，我果然很快找到了正确的大路。

* 一只和我对望的牛，不知道谁更自由

当车拐弯上主路时，我和朋友都发出快乐的呼叫，那一刻，我简直要哭出来。这是劫后余生的快乐。我一直害怕开山路，但经过那个晚上，感觉自己又过了一关。人生像极了这次惊险的过程，在悬崖上什么都看不见，一切都遥遥无期，不断地改导航，却只有一直往前走，才能到该去的地方。人们对于未知和不能掌控的事情都充满恐惧，想要逃避。但当你不得不面对，不得不走过之后，你会发现自己的恐惧不过如此，这件事也不过如此。

于是我知道，不管未来遇到多大困境，向前，就是我唯一的答案。

塞纳河畔，

日光 与 日常

皆是体验

法国，巴黎

伍

对于那些过分熟悉的，我总会有一种不知道从何说起的迷茫，因为总觉得那不过是些日日常常、琐琐碎碎的小事，太阳每天都照常升起，所以何必要去讨论太阳？

巴黎于我，便是如此。每当有人问起关于巴黎的感受，我脑海里总会莫名其妙地冒出一句"巴黎也无非是这样"，毕竟从毕业工作到现在，巴黎去了不知多少次，我像熟悉北京朝阳区一样熟悉巴黎的主要街区，甚至我可以在饿了的时候，第一时间找到一家可以提供地道中餐的饭店。

这或许也是一种"熟悉"的旁证，异国已然在你的心中完全祛魅，以至于你会自然而然地依着最习惯的日常来生活，而丝毫不会想起，比起小炒肉和青椒土豆丝，是不是喝一份马赛鱼汤会更"符合环境"。

但这一次去巴黎，我发现我好像又有些不熟悉它了。

从预订行程时，我就感觉很奇怪。从北京飞往巴黎的航班从来没有这么贵过，原本熟悉的酒店现在居然需要支付快两倍的价格才能入住。明明一切都并没有变得更好，却为什么需要我们付出更多？

或许，是因为我太久没有出过门，以至于认知产生了某种偏差？还是因为敏感的人总是更容易受到"频率错觉"的影响——当你第一次注意到某些事物后，你会突然频繁地感觉到处都有它的存在。

从登机到飞行，从抵达到入住，走在巴黎的街头，所见所闻，似乎那张离谱的机票一般让人陌生，仿佛世界在我驻足的几年里偷偷摸摸地完成了一次巨大的变化。

加缪在《西西弗神话》里说，世界其实是荒诞的，而人一旦意识到自己处于荒诞之中，就会痛苦不堪。"荒诞"的来源之一，就是你突然意识到自己本以为能理性认识和把握的生活，其实根本不存在确定性。

我觉得我好像有点感受到了这种"荒诞"，它让我在这座无数次地觉得"也无非是这样"的城市里，产生了一种难以抑制的不安全感。

从二十一岁大学毕业到现在，十八年的职业生涯里，我看见过一个新兴行业的层层浪潮，目睹过黄金时代在巨变前的最后闪耀。每一个时代的顶尖人物和时代事件，我多多少少都接触过，大多数时刻，我都坚定而积极，带着某种使命感快跑向前。但如今的我好像突然有些不知道未来在哪里。

世界在悄悄变化，我很害怕我不知不觉地错过了它。如果一切都变了，那个快跑向前的杨天真只能在虚空中起跑，可虚空里哪有一寸的落脚点，只有持续的坠落。

久违的出行，没想到却是这样一种沮丧的心情，我沿着塞纳河畔一直走，试图让自己振奋起来，却总是无法说服我自己，直到走到了某个路口。

听过这样一种理论，人其实不会忘记任何事情，从出生到死去，所见的人、所经历的事、所读过的书、所见过的画面……一切其实都会被大脑牢牢记忆，因为大脑远比想象的还要庞大、渊深，宛如无尽的海。那些我们以为忘记的事情，其实只是被重新编码压缩，从记忆的表层去到了最深的随机空间。那最深处是人无法用理性触及的，却能被某种"引子"所唤起，一旦你遇到了那个"引子"，所有被遗忘的故事，就会鲜活苏醒，汹涌而来。

人往往是在沮丧的时候，格外容易触景生情。在等红灯的时候，我突然意识到，在十多年前，我和冰冰曾在这个路口拍过街拍，当时有一个品牌邀请她街拍，我俩就在这个小三角路口，走了一个又一个来回，她提着一个好像是吉他琴盒的东西，梳着一头卷发。

在巴黎的记忆一瞬间山呼海啸般扑面而来。

我想起第一次来巴黎是十二年前，我陪冰冰来时装周看秀。我们当时与《红绣》的合作，开启了这个行业后来长达十年的明星看秀活动。我一直在巴黎陪她看秀、参加活动、拍广告，直到我离开了她，自己去创业。

我想起了在塞纳河边，有一次陪雨绮去威尼斯电影节，我们先来巴黎试衣服，她一早起床非带着我长跑，她跑得那么快，总是远远地在我前面，我努力追赶，却根本追不上；我想起当时还是短发的宋小花，我俩带着一个很小的团队，在一起拍MV；想起了公司创业的时候，陪着辛苑在塞纳河的艺术桥上挂上"爱情锁"，然后一起把钥匙丢向远处，我那时候天天在生气，她天天在修图；想起了和李现一起去拜访《盗梦空间》的拍摄地；想起了和娜娜一起在铁塔下看秀，还有说过的悄悄话；还想起了在巴黎做了人生的重要决定，不再做经纪人了，然后一个人在塞纳河畔边走边哭了两小时，最后把自己哭晕在了河边……

十年好长啊，居然有那么多的故事，那么多的人。但十年又好短呀，短到居然只需要路口一个红绿灯的时间就足以总结！下一个十年，我还能遇见同样多的人和故事吗？

有些恍惚地沿着塞纳河走到了卢浮宫。卢浮宫还是那样，古老的宫殿群庄重地拥抱着整座广场。玻璃金字塔静静矗立中央，入口处人来人往。

刚才还在脑海里呼啸的声音，像是突然被一只无形的手摁下了暂停键，仿佛卢浮宫是某种不允许变化存在的独立位面，明明人流如织，世界却安静如古老石墙般灰白。我突然呆住了，看着这座由无数透明玻璃片精妙构成的完美几何体上，光线穿过、折射、蔓延，最终融化在广场的浅灰色石砖上，泛起一层柔和而温暖的光。

感觉从来巴黎开始一直忍了又忍的情绪，终于可以不忍了，我站在广场上，开始认真落泪。

我怎么会突然胆怯起来了呢？你这个敏感的人呀，那些"大事"或许是无法预期、无法掌控的，可你需要的"确定性"又什么时候是这些事情呢？即便世界真的已经悄悄地改变了它的规则，但终究有一些存在是不会变化的，无论你离开多久，一回头，一切都还在。

比如，塞纳河上，太阳照常升起。

*从 2018 到 2023，在埃菲尔铁塔前的我，和李现，和欧阳娜娜

我的　风情万种

　　　与

意大利的　　时尚精神

意大利

陆

意大利，这个充满着历史、文化、艺术、足球、美食，还有时尚气息的国度，是我在欧洲旅行时造访城市最多的国家。意大利可玩的地方太多了，可玩的事情也太多了，从水城威尼斯到古城佛罗伦萨，从浪漫的罗马到时尚的米兰，从悠闲的卡布里到梦幻的西西里，每一个地方都好吃好买，景色独特，都会给我新的惊喜。

米兰我去过很多次，都是因为时装周出差，或者拍摄杂志，总归都是因为和时尚有关的工作。但这次闪现了一下米兰，主要是在巴黎遇到一位好朋友，他也是来时装周出差，同时他是沪上知名的意大利餐厅 Da Vittorio Shanghai 的投资人。这家店也是上海最难预订的米其林意大利餐厅，我曾吃过一次，对那里丰盛精致的菜肴，以及主厨团队的烹饪哲学都印象深刻。我的朋友告诉我说，其实这家店的总店就在米兰附近，他凑巧近期也要去总店一趟，既然巧遇于巴黎，希望可以邀请我届时一起去总店吃一顿饭。

* 与 Da Vittorio 总店主厨、好友的合影

我几乎没有任何犹豫便应承了下来。能蹭一顿米其林三星而且又是我订不到位子的餐厅还是非常值得的。我还带了两个朋友一起蹭饭。于是说走就走，收拾好行李，买了张火车票便出发了。

抵达米兰之后，我在火车站附近随便定了一家酒店，因为同行的还有一位准备一起去希腊玩的女性友人，所以我定了一间双床房。但等我俩拖着箱子走到房间门口，面前竟霍然一张大床。我疑心自己可能预订的时候没有说太清，便去找前台换房，前台一通操作后，我和友人拖着行李，来到了第二间大床房……

我试图说服自己，这可能只是一种典型的意大利式"会错意"，又换了一次，依旧是一间大床房。我后来才搞清楚，这是两张床拼在一起的，需要自行分开。我们终于拥有了一间双床房后，小插曲却并没有结束。

当时，我有不少东西需要寄去美国，所以我也只能再去前台咨询哪里可以寄国际快递。前台服务人员毫不犹豫地用带着意大利口音的英语回答我："Yoo cahn Goo-gle."（You can Google）"或许你可以告诉我快递公司的名字，以便我去搜索？"我耐着性子又问了他一句。他略一沉吟，然后以一种看白痴的眼神回答道："Yoo cahn Goo-gle too."我当时白眼已经翻上天，感觉他说的也没错，但这么冷漠的前台还是激发了我要去旅行网站写差评的念头。

去过欧洲这么多国家之后，我真的感觉，在欧洲的许多地方都弥漫着这样一种氛围："你说得很对，但还是应该按照我们的规矩办。"

有太多的历史、文化与传统沉淀在这片大陆里了，这里所涌现出的思想、技术、人物、概念……在过去几百年，几乎统治着世界。这或许也自然而然地，让生活在这片大陆上的人们，对传统，或者说"自己的观念"，有着远超其他大陆国度的恪守与坚信。

这固然是好事。比如，几年前我一个人去西西里岛，看见岛上一个卖手机的小店，写着"工作时间：每周二、四，下午一点到三点"。当时我怀疑自己眼花了，定睛一看，果然人家一周就工作四小时。很多年前漫步在意大利是买不到星巴克咖啡的，每次我问哪里有星巴克都会受到白眼对待，用一种"来我们意大利竟然想喝星巴克"的鄙视的眼神看你。这里曾经是世界的中心，是文化和军事最强大的地方，得天独厚的地理和物资优势使得文明的诞生早于世界很多地方，而经济也一度高速发展，使得国家福利非常好。但所带来的问题和欧洲大陆其他老牌资本主义国家一样，缺少新的生产力，人民安居乐业享受高福利的同时，不思进取。穿透表面的繁华往下看，你很难在欧洲的城市中看到北美、亚洲那种时刻在流动的活力。世界一直在变化，很多地方可能隔着半年再去，就已经变得让你认不出来，但是欧洲在很多地方上却益发显现出一种恒常不变，越来越像是"昨日的世界"。尤其是我在罗马瞎逛的时候，感觉这座城市仿佛时间静止，如果去掉汽车，可能和几百年前没啥差别。在这个古罗马文明的摇篮之上，你会发现不管是街巷屋舍，还是氛围传统，行之所至，总能看见古老的时间。但这种"恪守"在某种意义上也可以被解读为"保守"，当你走在古城的街头，认真地注视起那些繁复华美，极尽壮丽的建筑时，又很难不觉察到，配套的设施、内部的结构，许多都已经衰老、破旧，亟待更新。

我对米兰并不陌生，因为这里有世界四大时装周之一的"米兰时装周"。不同于巴黎时装周的奢华与高定、纽约时装周的实用和商业、或者伦敦时装周的前卫和实验，意大利时装产业有着悠久的历史积淀，使得米兰时装周会更凸显服装的工艺和细节，而且风格上也会有更多的女性化视角。

但米兰似乎也是陌生的。因为时装周就像是一条发条被拧紧的社交流水线，你需要在并不长的时间里，寻找感兴趣的品牌，了解它们的当季服装，与设计师交流，与品牌方交流，穿梭在一个又一个秀场之间。我已经有四五年没有回过米兰了。

*大步大步走下去

　　放下行李，我就直奔米兰大教堂（Duomo di Milano）。感觉只有走到这里，才是米兰。小时候看郑秀文和任贤齐演的电影《嫁个有钱人》，最后的镜头拍的就是这里。不管是从地理位置，还是文化意义上，这座前前后后修建了快五百年的欧洲第二大教堂，都是"米兰的心脏"。在欧洲旅行时，我总喜欢去参观教堂，倒不是因为我对于天主教的文化和艺术有多么热衷和了解，只是因为这些动辄就要耗费数百年时光建成的宏伟建筑，本身就是一朵时间的玫瑰。

站在教堂广场前抬头仰望，白色大理石砌成的巨大外墙上布满了细致入微的精美雕像，百余座华美繁复的哥特式尖塔直耸云端。最高塔的塔顶上，金色的圣母塑像静静伫立，阳光照过，反射的光芒给人一种盛大的安宁感。马克·吐温说，米兰大教堂是一首用大理石写成的诗。要多么繁复悠长又壮丽的诗篇才能够比喻这座洁白的大理石森林啊！要我说，它应该是一首用大理石编成的三重赋格。

米兰的街道很大程度上是围绕着米兰大教堂展开的，从大教堂广场辐射出的街道连接着这座古城的生活焦点，构成了米兰最主要的文化与商业区。比如，与教堂距离几乎可以忽略不计的埃马努埃莱二世长廊（Galleria Vittorio Emanuele II），可以比作巴黎的香榭丽舍大街、纽约的第五大道，或者东京的银座。不过，它更像是一座公共空间化的时尚购物中心，这里也确实是世界上最古老的购物中心之一。

* **一种由复杂而形成的美**

长廊处于一个巨大的十字形平面之上，两条极富装饰性艺术的拱廊交会于街道心脏处，汇聚成一个宽敞的八角形广场，广场的顶部覆盖着由玻璃与铁艺制品构成的巨大透明穹顶。沿着走廊漫步，你会觉得你所看到的橱窗简直就像是精心布置的艺术展，因为这里几乎挤满了国际一线的奢侈品牌，举目四望，全是整个世界最顶尖的时尚与设计。意大利最著名的品牌在这里都有旗舰店，几乎每家店门口都排着长队。拿起手机随手拍一张照片，比如穿着高跟鞋推着自行车的女士，确实很时髦。

二十多岁的时候，至少在我还谨小慎微地坐在时装周的秀场里时，我想我还是相信"时尚"是一种有相对明确定义的东西，毕竟我接触到的，甚至是所学习到的一切知识都告诉我，巴黎、纽约、米兰……那些代表着世界顶级服饰的品牌，那些名流云集的T台之上所闪烁的光影，就是时尚。

但在多数时候，内心深处，我可能还是迷惑的。还记得第一次要去巴黎的时候，我有位朋友是法国一个时尚品牌的负责人，她说，你去巴黎可以不化妆，但是一定要做指甲。我问为什么，她说这是一种时尚，在巴黎不做指甲，就像裸体出门一样极其不礼貌。我不理解为什么，但还是去做了指甲。等到了巴黎，我真的发现有很多女性，不管年龄大小，出门可能是一头卷发棒，素面朝天，却都做了指甲。

几乎每场时尚活动，参与的明星都要被问到"时尚是什么？"

时尚是什么呢？我觉得就是你对美的态度。而恰巧这个态度被当下认同，就成了流行时尚。我喜欢经典，喜欢柔软的面料和精致的剪裁；我也热爱时尚，喜欢充满创造力的风格和大胆的撞色；我喜欢简约利落的线条，也喜欢大印花的风情万种。而意大利这个国家的时尚，充满着岛屿的热情与阳光，也充满老钱风的高高在上。

2023年，受到托德斯（TOD'S）品牌的邀请，我去了一趟米兰，然后又带上美丽的花裙子和夸张的大帽子去了传说中的卡布里岛（Capri）。

我的整个旅程可以用"狂奔"来形容。由于工作安排，我不得不比其他人晚出发两天。那天晚上十点，我在杭州完成了直播工作，立刻乘车两个半小时直奔浦东机场。抵达机场已是凌晨十二点半，紧接着赶去搭乘一点半的航班飞往米兰马尔彭萨机场。飞行一夜后抵达米兰，然后我又乘坐一小时的汽车前往利纳特机场。在那里等待了两小时后，搭乘另一班飞机飞往那不勒斯。到达后再换乘汽车前往码头，接着乘船一小时才终于抵达卡布里港口。最后，从港口乘车二十分钟，我终于到达酒店。

这一路上的奔波，历时二十四小时，让我感到疲惫不堪。然而，当我看到 Marlin 号私人快艇时，所有的舟车劳顿都瞬间化为兴奋。

* 乘风破浪的我

  这是一位老爷爷的私人快艇，它的栗色木质船身、白色顶棚、复古罗盘和舵都透露出一种经典韵味。这艘有名字的小船就像一位优雅高贵的女士，邀请你共赴大海之约，与她一起乘风破浪。当然，还有长得英俊帅气的意大利船长和水手，他们周到热情地帮我搬运行李。在上船前，我发现有一个小鞋筐供游客放置鞋子，原来在这里只能赤脚行走。木地板在阳光的照射下有些烫脚，仿佛是海面上的阳光在灼热地告诉你——你已经来到了海岛。风浪比我想象中还要大一些,船在海面上下起伏,驶向目的地小岛。我一边往脸上涂着厚厚的防晒霜,一边戴上大帽檐的帽子,并检查自己的长袖长裤是否足以防晒,确保万无一失后,这才敢安心地坐在船尾吹风。我向来不晕船,而且坐在船尾,尽管阳光刺眼,但海风却异常凉爽,带来一种冰火两重天的独特快感。

海面上来来往往的船只络绎不绝,有欧洲境内的邮轮、私人游艇,甚至还有两个人划的舢板。船上的大多数人都穿着比基尼或大短裤,皮肤晒得黝黑,尽管如此,他们依旧洋溢着欢乐的氛围,远远传到其他船上。

下船抵达岛上后,我乘坐了卡布里岛特有的敞篷出租车。据说,岛上一共只有七十二辆这样的车,在游人如织的时节里,它们总是忙个不停。这种七座敞篷车型仅在岛上是合法的。上山的路是常见的盘山公路,但司机们却毫不减速,狭窄的道路仿佛仅可供一辆车通行,然而在交会点,他们却毫无减速之意,无论谁进谁退,一个默契的眼神就能互相明白,却看得我心惊胆战。然而,这些经验丰富的老司机却显出一副习以为常的模样,有的甚至还会放着震天响的音乐,乘车似乎变成了参加一场 party。夜晚,车上会亮起"闪耀的灯球",在漆黑的山路上一路狂奔,乘客们既兴奋又害怕,情绪始终处于刺激之中。

我们住在岛上的 Capri Palace 酒店里,据说这次的房间是三年前就定好的。如果临时想要调整时间或在岛上多住一晚，那是万万找不到空房的，这里的一切都需要提前很长时间预约。整个岛其实有三层结构，最下面是港口和居民区；中间一层有很多酒店和商业街，汇集了能想得到的所有设计师店铺，这里会第一时间发布当季新品；最顶层则是豪华酒店和富豪们的豪宅，许多好莱坞明星每年都会选择来这里度假。

收拾完行李后，我们也该出门去吃晚饭了。这次要去的是一家能看海景的餐厅，我选了一条粉色印花紧身连衣裙。虽然已经是晚上八点，但阳光依然强烈，于是我又戴了一顶造型复杂的帽子，在一个浪漫的海岛非要搞出一个去马会的造型。为了配合整体装扮，我还穿了双美丽的高跟鞋，步行前往不远处的餐厅。在正式用餐前，我们来到餐厅设有的"喝一杯"区域，这在欧洲的餐饮文化中颇为常见。在这里，我们可以先喝一喝，聊一聊，欣赏海岛美丽的风景，还有人在岛上唱歌。通常，欧洲人会在八点半以后才开始吃饭，有的地方甚至要等到十点才开始晚餐。对我这样习惯六点半吃饭的人来说，我的中国胃受到了不小的挑战。不过，意大利的水牛石芝士果然美味，新鲜又好吃，完全没有那种中国人所适应不了的膻味。

晚餐过后，我们在海边散步，欣赏着夜晚的美景。海浪拍打在岸边，发出悦耳的声音。远处传来音乐声和欢笑声，让人感受到这座岛屿的热情与活力。我们沿着海岸线前行，享受着微风拂过脸颊的清凉感觉，时而停下来，坐在扶手椅上，

＊太阳缓缓落下，我和 GQ 主编 Rocco 在海边漫步，参加托德斯（TOD'S）品牌度假活动

欣赏这里崎岖的海岸线和人们多彩的个性。在卡布里岛的街上，可以看到各式各样的着装风格，有穿着人字拖的悠闲行人，他们的穿搭既舒适又充满格调；有像我一样穿着高跟鞋的女性，展现出自信与时尚；有那些不怕晒黑，身着比基尼的外国游客，他们显得从容不迫；还有穿着晚礼服的女孩，她们精致的打扮既优雅又松弛。大家都不约而同地手持酒杯，自由地在街上边走边喝。

回到酒店后，我躺在舒适柔软的床上，心头又浮现起那个长久思索的问题。自古罗马时代起，卡布里岛就已经是著名的度假胜地。多年来，这座意大利岛屿不仅是富豪的世外桃源，还是艺术家青睐的时尚圣地。一位意大利设计师艾米里欧·璞琪（Emolio Pucci）就曾以这里为灵感，设计出了风靡一时的——卡布里裤（carpri pants），让女性能在海边散步而不沾湿裤脚。现在的年轻女性仍然穿着卡布里裤在岛上度假，她们的穿搭既张扬又利落。从人群中还能捕捉到复古老钱度假风的服饰。女性的穿搭随性自由，大胆释放着自我，不必穿成自己不喜欢的样子，只需自己取悦自己。

如今，在遇见了足够多也足够大的世界之后，我想我已经能够解释所有的问题了。多数人，包括曾经的我自己，对于时尚的理解，或者说受到的美学教育，可能都只是被无数的"符号"规训出的一种枷锁罢了。很多时候，"时尚"可能只是一种时装周、大牌，或者流行杂志想要传播的话语。比如，有人说"小香风"代表着"优雅"，所以一名追求成就、财富、积极人生的年轻女性，就应该选择"小香风"的穿搭风格。但时尚真的是能够被某个组织、某个品牌定义的吗？审美本身就是一种私人化的偏见，这个世界上怎么会有人能够比你自己更了解，到底什么才是真正适合你的风格呢？所以现在的我，可以坦然、自信并且愉快地穿任何我想穿的鲜艳华服，不去考虑任何所谓的"时尚""配色""风格"，我清楚知晓，时尚的定义权在自己，时尚，就是有存在感的自己。

时尚终究是有周期的，但独一无二的自我，却能超越时间，让那些符号继续去束缚别人吧，我选择，也建议你，永远在别人目光中充满存在感，闪闪发亮，过目不忘。

浪漫 主 义,

　　或许　　就是

　　　自　然　而　然

希腊

柒

旅途的下一站是希腊的米克诺斯岛（Mykonos）。它是一座小小的旅游岛，距离雅典不到一百公里。总觉得，我好像只有自爱琴海上启程，希腊旅行才算得上标准和完整。所以我们在夜色中告别了意大利，飞向了爱琴海的东南方。

爱琴海上大大小小几千座岛屿星罗棋布，但除了圣托里尼，最受游客欢迎的便是米克诺斯。不同于圣托里尼白墙蓝顶的建筑配色，米克诺斯的房子大多通体涂成牛奶般细腻的洁白。走近细看，老房子上积年重刷的白漆有着看得见的厚重。爱琴海的风在上面吹出了蜂窝般的孔洞，仿佛一大块可爱的白奶酪。

走在铺缀着鹅卵石的巷道上四处望，到处都是一块儿又一块儿奶酪。只有屋前鲜艳的各色拱门和开放在窗台和院落的花朵，负责为这座岛屿提供不同的色彩。这些不时闪现的颜色，将整座岛屿衬托得越发洁白，而这一片又一片像是要发光的白色，又将爱琴海的澄澈映现得更加明净。仰头高看，天是湛蓝，云是纯白；低头远眺，海是群青，屋舍雪白，目光所及之处，都是蓝与白的世界。我不知道希腊的国旗为什么会选择这两种颜色，但我认同心底里突然冒出来的一种解释：它们是爱琴海最本质的色彩。

不过，米克诺斯之所以会如此受游人欢迎，倒不是因为它是可以宁静感悟天与海最明净色彩的静息之地。这是一座狂欢岛，小小的岛屿上塞满了欢乐场，所以它也是欧洲的富人们最喜欢的度假地之一。只要你拉开纯白的帷幕，便是长夜不息的热烈绚烂。

我们抵达米克诺斯时，正好是旅游淡季，10月初这里即将闭岛。村上春树在《远方的鼓声》里说，淡季的米克诺斯是他静静工作再好不过的环境，他也是在这里写完了《挪威的森林》最初的几章。但我们一行人完全没有感受到"淡季"的存在，海边、街道、餐厅、酒吧、小小的买手店到处都是快乐的人群。走在小岛上，感觉很难用心思考什么严肃的问题，情绪的旋律自然地就升高了好几度。所有宏大的叙事都在这里烟消云散，只觉得应该抓紧时间换上最好看的裙子，从清晨玩到另一个黎明。

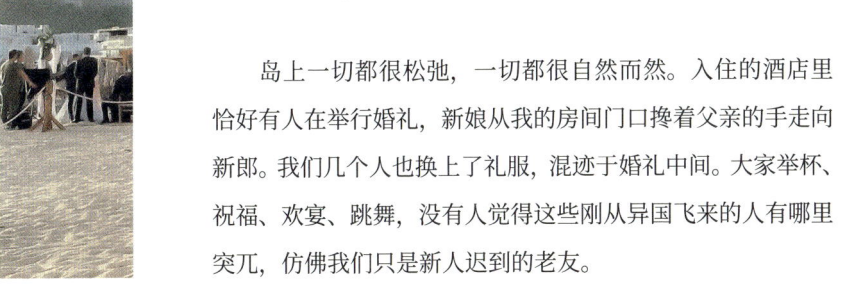

岛上一切都很松弛，一切都很自然而然。入住的酒店里恰好有人在举行婚礼，新娘从我的房间门口搀着父亲的手走向新郎。我们几个人也换上了礼服，混迹于婚礼中间。大家举杯、祝福、欢宴、跳舞，没有人觉得这些刚从异国飞来的人有哪里突兀，仿佛我们只是新人迟到的老友。

*2022 年度我最喜欢的连衣裙

我们在米克诺斯一共待了三天，买了成堆希腊风情的花裙子，色彩与条纹的组合，印花与大裙摆让拍照不需要任何技巧，也不需要后期，随便一摆，随便一取景，从相机里随便拿出一张素材，就是可以摆进相框里的美丽照片。每天坐在不同的餐厅，看着不同角度的爱琴海，沉迷在海鲜和葡萄酒的气息里。这里的海鲜非常便宜，性价比在整个欧洲都拿得出手。即便是一家最小的餐厅，也能提供一份自前菜开始的海鲜大餐。

* 出去旅行一定要带能被风吹起来的裙子哦

当然,还有购物。作为一座狂欢岛,米克诺斯的购物水平非常发达,小镇中心的主干道上开满了各种精品店和买手店,有国际大牌,也有更多出色的希腊本土设计师品牌。店铺的选品主打爱琴海度假风。作为一个所有职业生涯都在与时尚和设计深度相连的人,我必须承认我真的很难抵御这些或许只有在希腊才能看到的独特色彩。几天下来,行李又多了不少。

回头想想，我觉得从米克诺斯开始希腊之旅真是一个不错的主意。即使一个人心中有再多烦闷，在小岛上吹几天爱琴海悠闲的风，也会完全松弛成一种可以接纳与感受一切的自然态。是时候去雅典了。

我们坐上轮渡，把行李在船舱下部堆好，便安静地坐在上层座位里，望着阳光下的爱琴海发呆，直到波光粼粼的湛蓝变作群青，最后淡化成港口的色彩。

雅典的第一站自然是山丘之上的雅典卫城（Acropolis of Athens）。卫城只能徒步前行，一步又一步地，踩着不知是哪个古老时代铺设的台阶向上走，不多时，便能看见巨大的山门。或许是因为卫城的遗迹在书籍和影像中看到过不知多少遍，恢宏的神庙遗迹并没有如预想地重击我的内心，反倒是周围的工地让我突然有了一种别样的感触。

* 落日余晖，宛若穿越了时空隧道来到此刻

卫城遗迹正在修缮，神庙周围竖立着大小不一的脚手架，几座起重机矗立其间，游客川流，工人来去。看着古文明遗址周围的现代机械，仿佛看到了一场人类与时间的角力。人们在努力挽回古文明的辉煌和壮丽，而时间也在持续地试图摧毁过去的痕迹。我不知道到底哪一方会最终获胜，或许它们会永远角力下去。但可能还是时间的胜率更高，人会累，机械会故障，文明可能会被遗忘，但时间没有感情，时间步履不停。那些我们正在修补、复建和挽回的，就像忒修斯之船，它真的还是我们想要挽留的那一切吗？

或许一切都是不牢靠的，只有此刻的体验，真实不虚。

卫城最令我难以忘怀的，是山脚下古老的剧场。我从小看希腊神话时就读到过，在卫城山脚下有一座巨大的露天圆形剧场，那是雅典最古老的剧场。我原以为它可能会像帕特农神庙一般，因为太过熟悉，反倒让人失去了一些惊奇。但当我看到那在三面山坡环绕中仿佛天然造就的开放舞台，走过依山而建的条形座椅，坐在上面，想象着几千年来在这里曾上演的喜怒哀乐，我真的感受到了一种自心底涌起的震撼。

或许因为这里不仅是希腊最古老的剧场，也是"西方戏剧"最原初的起点。埃斯库罗斯、索福克勒斯、阿里斯托芬、俄狄浦斯王、安提戈涅、美狄亚等，我的脑海里突然冒出了许多伟大的名字，在这里，我正在坐着的位置上，几千年前的希腊人看见了西方戏剧史上辉煌的第一道霞光。坐在剧场的座位上，突然觉得刚才在神庙前的疑问有了一个全新答案，时间会摧毁有形的一切，但无形的存在，比如，故事、作品、某种精神，却能永远抵御时间。

* 推荐落日时分来到卫城，可以看见从热闹到平静的过程

*实际上很难拍照,游客太多

  我们在卫城一直待到傍晚。夕阳西下,落日给古老的石柱披上了辽阔肃穆的余晖。站在卫城俯瞰雅典城的夜景,听到周遭游客们交谈的话语,我突然觉得在这一刻,古老和现代、历史与当下无法分离地融合在了一起。

我原以为这份源自文明的肃穆感，可能要伴随整个雅典之旅。但一走上雅典的街道，肃穆的心情又瞬间回到了仿佛在米克诺斯时的松弛状态。

或许是因为我真的有些偏爱希腊吧，我总觉得每一家餐厅都很好吃，每一家店铺都装饰得很好看。我喜欢这里随处可见的设计师品牌，喜欢他们充满灵光的设计创意、性价比、热情而丰富的色彩，以及行走在街头的自信女生们露肤度很高的大胆穿着。我喜欢这里随处可见的，对于享受生活的肯定态度。在这里的每一天，我都是彩色的，裙子也是彩色的，灵魂也是彩色的。

在书写这篇文字时，我曾好奇地和朋友谈起，总觉得希腊好像有种别致的魔力。当你踏上它的土地，心底会涌上一种持续的浪漫情绪。你突然就能轻松沉浸在热情的欢聚里，也能松弛地坐在海边，用一小杯酒开心地浪费掉一个下午的时光。你会变得更难羞赧，更加鲜艳，觉得街道上的一切都很有趣，觉得自己充满激情。

好友说，或许是因为我感受到了一种内化在希腊文化与城市精神中的浪漫主义，或者说"酒神精神"，那是自古希腊时代起，希腊的另一种精神侧面——更是源自生命本真冲动的热烈、激情、享受和狂喜。我得承认，作为一个绝大多数情况下精神稳定，追求话语精准和表达逻辑的人，这种多少有些缥缈悬浮的解释很难说服我。

但我相信"浪漫主义"的结论，只是与神明无关，与哲学无关。

在希腊的每一天，我都是自然而然地，我不用专门地在脑海里唤醒对历史的记忆，因为历史就在那里。我也不用刻意唤醒全部感官去感受城市的色彩，爱琴海的蔚蓝、岛屿的洁白、城市的斑斓多彩就在那里。我只是自然地在这个国家行走，自然地吃喝，自然地被情绪感动，自然地放声大笑。

我不确信这是否就是浪漫主义，但我确信只要如此，生命的体验就会足够浪漫。

假如

时光　倒流四十年，

你愿意

回到过去吗？

古巴

捌

飞机刚落地哈瓦那，我便被何塞·马蒂国际机场的海关收走了护照。这是我去遍几十个国家，第一次被收走护照，那一刻我真的非常困惑："古巴不是中国友好国家吗，为啥要收我的中国护照？"

边检警察满脸狐疑地翻阅着护照内页，目光警惕地对我打量再三，声色严厉地高速蹦出了一大串西班牙语。

我一脸茫然，只能尽量保持镇定和微笑，还好周围有位会说西班牙语的中国小哥，往来沟通了几轮后，边检恢复了正常的表情，把护照还了回来。

走出海关，小哥对我说，因为我去过的国家实在多出了边检的想象，而且这里独自一人来的女性实在很少，所以他觉得很不正常。

一时竟是无语。"那他直接问我不就好了吗？""他确实问了。""但他讲的是西班牙语，我根本听不懂。""古巴的官方语言就是西班牙语。""啊，原来如此！"小哥的脸上浮现出一丝清晰的震惊："你来古巴不知道这里讲西班牙语干啥来了？"

实不相瞒，我也不知道。我只是凑巧在墨西哥城旅行时翻了翻地图，感觉哈瓦那离得不远，又有直航，就直接飞过来了。

这只是一次"兴之所至"的任性旅行，我完全没做攻略，甚至连行李都没带几件。

告别小哥，我站在和旅行社约好的地点等待着导游的到来。哈瓦那的街头，五花八门的老爷车一辆辆驶过，站了许久，始终没有看见我预订的那辆商务车。终于，一辆挂着白色车牌的黄色出租车停在了我的面前，车上走下来一位中国女孩跟我打招呼，她就是我这几天的导游。我问她预订的车什么时候会到，她笑着一指面前这辆出租车，接下来的几天，这便是我的座驾了。

至于商务车，很抱歉，古巴并没有这种东西。

古巴绝大多数的出租车都是国营的，也只有国营出租车被允许作为外国游客的包车，虽说这里也有少数私人出租车在运营，但它们绝大多数都只能在规定的路线上行驶。在2011年之前，古巴并不允许私人拥有汽车，如今虽然禁令解除，但一辆新车的价格对大多数人都意味着天价，这里并没有"汽车强制报废"一说，所以街头巷尾跑着的几乎都是几十年前的老车。

坐进这台车龄上我可能得尊称一句"叔"的出租车里，本就有些低落的心情，又往更低处掘进了几米。车里弥漫着一种感觉已经阔别了三十年的浓郁汽油味，待到启动，年长的发动机又努力地为座舱多添了几分厚重感。去酒店的路上，我几乎不能多说一句话，因为时刻临近晕车的边缘。

我的确没有想到，哈瓦那是这般景致。

原以为哈瓦那是一座鲜艳热烈、色彩斑斓的拉美古城，整座城市都应该泛着加勒比海炽烈的阳光，就像周杰伦《Mojito》MV 里拍的那样，但

* 在哈瓦那的街头，五彩的老爷车仿佛凝固在时光里

真正坐着毫无减震的老车，一颠一颠地驶过 MV 里的街道，我才发觉那不过是后期制作的功劳。

　　真实的哈瓦那街头，更像是被统一叠上了一层旧胶片的滤镜，殖民时代留下的建筑远看确实很有韵味，但稍微凑得近一些，就会发现大多数楼房都在时光的侵袭下，现出了一副年久失修的模样。MV 里如花似锦般鲜艳的海滨大道，已是大片大片地褪色，露出了快被加勒比海的海风蚀透的墙体。城里最好的建筑，似乎也只是中心区域那些专供外国游客入住的酒店，但所谓"最好"，也只是相比而已，它们同样也是不知道从什么年代遗留下的老楼，只是勤于修缮，看起来更新了一些。

　　心情的低谷，在那一天的晚饭时分终于抵达了地心。因为在墨西哥城好几天都没有吃到中餐，我便请导游带我去了一家中餐馆。虽然我对古巴没太多了解，但我还是知道这里以大米为主食，而且还有唐人街。

　　但那天吃到的米饭的确很奇怪，跟做法无关，是米本身就很奇怪。导游解释说因为吃到的是古巴大米，口感和味道都会比我们经常吃的中国米要粗糙很多。我问餐厅老板，为啥没有中国米，他说了很朴素的三个字"买不到"。许多我以为极其日常廉价的东西，在古巴都是可贵的，甚至是一张餐巾纸——我的餐巾纸是导游专门带给我的，而且是她托朋友从国内带来的，因为在古巴根本买不到。

失望地草草吃完了饭，想着索性回酒店休息吧，但没想到司机跟我说了一声自己要去加油，然后便扬长而去。"没办法，"导游叹了口气，"我们走回去吧？"一整天累积下的失望和不满被瞬间点燃了，我感觉自己要发飙了。但她接着说，这里只有一天时间能够加油，司机可能还得排大半晚的队。"没办法，"她又叹了一口气，"这是一个被美国封锁了半个世纪的国家。"

也许是"祸福相抵"，如果那一天我直接坐车回去了，说不定第二天我就直接离开古巴了，但就是这样一段走回酒店的路，让我看见了哈瓦那极其动人的一面。

夜晚的哈瓦那，整座城市都是热腾腾的，有些沿街的房子甚至直接敞着大门，看得见里面欢乐谈笑的人群。马路上很少有不喧闹的地方，街角、路边、广场，到处都能听到音调极高、肆意张扬的西班牙语，许多人真的就像《Mojito》的 MV 里那样，抱着吉他，甚至是低音提琴，就在最普通的马路上纵情地弹，纵情地放歌。到处都有人跳舞，无论男女，无论老少，没有现场伴奏，那就直接拿个收音机在路边放音乐，就好像太阳落下时按动了这座城市狂欢的开关。我确定这一天不是任何的节日，它只是一个最普通的夜晚，却比我在许多城市见过的庆典还要热烈。

导游说，古巴人民的夜生活几乎只有这些，因为这里人均工资特别低，即便是公认收入最高的医生群体，月薪也只有六十美元左右，所以大家晚上其实也没有什么事好做，就只能朋友们聚在一起，你带酒，我带菜，聊天聚会，跳舞唱歌。

说实话，我觉得这可能并不只是收入的问题。古巴几乎没有 Wi-Fi，虽说 2018 年开通了移动互联网，但在哈瓦那也只有核心城区能搜到 4G 信号，互联网完全没有在这里普及，但这是否也意味着，这里的人们还没有被算法控制。

但好处就是，人与人之间都是面对面的真实交流。去见面、去做客、去聚会、去真实地表达态度，我们曾经也是这样热烈的，只是现在已经快忘了。

不过，虽然网络并没有在这里普及，但古巴人民有另外一种与世界相连的方式，就像二十多年前遍布国内大街小巷的"下载店"一样，哈瓦那的街头也有不少这样的店铺，只需要支付低廉的费用，就能打包一份互联网的新鲜内容。我的导游说其实第一天她就认出我了，因为她会托自己的朋友定期用移动硬盘寄来一些国内的热门影视综艺，《脱口秀大会》便在其中。

在哈瓦那的第二天，想着应该先给朋友们带一些伴手礼，便准备去买一些真正的古巴雪茄。我原以为它应该不难买，因为哈瓦那的街头，到处都能看见有人叼着雪茄吞云吐雾，但导游说，他们抽的很多是自制的土烟，如果要买知名品牌，只能去国营商店。

"国营商店"这个词，让我不由得想起了以前在不少书里读到的往事。五六十年前，国内的国营商店售货员，是一种极其让人歆羡的职业，不仅因为"吃公粮"体面又收入高，而且因为在计划供给的时代，售货员掌握着稀缺产品的"供给权"，所以地位也很高。有些地方的商店甚至贴着"不许打骂顾客"，顾客甚至得讨好售货员，否则任你有钱有票，照样买不到。

　　读书时哪里想得到，我未来居然还会"有幸"在异国他乡，沉浸体验到这早已尘封的历史。

　　作为外国游客在古巴买雪茄倒是不需要票，只是在购买之前，需要先给售货员一笔小费，如果按照古巴人均工资来算，称作"巨款"可能更合适。但给完小费只是代表你获得了"购买权"，怎么购买，还得售货员说了算。不同的雪茄，售货员会指定支付币种，有些可以人民币，有些需要美元，还有些必须欧元。至于古巴比索？胆敢问出这种问题，那你还是出门找小贩买土烟吧。这些 under the table（私下）的操作基本上也要由和他们交易过的人带着去才能实现。而我走之后没多久，古巴的名牌雪茄的价格又翻了三倍，据说是国策，把雪茄按照奢侈品的策略销售。

　　支付币种的精细管理，让人实在怀疑这些售货员是不是都毕业于国际金融专业，感觉能像榨甘蔗一样榨出汇率差额的每一分利润。我倒也不排斥用不同币种支付，但问题是现在到底谁出门还会带很多现金呢？我试图改刷信用卡，但美国严酷的经济制裁挡住了所有外币卡，我又没有现金，更别提手机支付。最后只能无奈地请导游帮我找人换汇，然后再送过来。显然，售货员们不觉得这种做法有什么不妥，似乎是认准了"反正你们这些有钱的外国佬终究还是得求着我买"。

古巴购物非常不方便，因为现金交易几乎是唯一的方法，而且还必须是美金或者其他更"硬"的货币。

古巴之前是双币制，除了古巴比索，还有一种类似国内过去外汇券的可兑换比索，后者原本也算硬通货，一个东西本地人买和外地人买差十倍的价格，也有人拿着各种鸡蛋券去黑市上出售的，但是属于违法行为。虽说官方规定了古巴比索的汇率，但就我的真实体验来说，它并不太被认可，如果非要用古巴比索结算，那就必须多给钱，哪怕是我入住的大酒店也是如此。

我也不知道，这到底是通行的规则还是默认老外有钱就应该多出血，但我决心接下来的几天，还是不做购物之想，专心看看加勒比海的风光吧。导游毕业于哈瓦那大学，第一站便选在了这里。

比起哈瓦那城里五色缤纷、斑驳陆离的建筑，通体大理石色的哈瓦那大学，自有一种超然卓异的恢宏。它是古巴最好的大学，也是拉美地区非常古老的大学之一，迄今已有三百年的历史。学校的建筑风格很有古典主义的色彩，依着大理石阶向上走去，宏伟的门楼中间，若干硕大的罗马廊柱庄严矗立，仿佛在雅典卫城见到的神殿。导游说，古巴是第一个与新中国建交的拉美国家，所以从1964年起，哈瓦那大学就开始有了国内的留学生，卡斯特罗也是毕业于这里的法学院。

漫步在古巴的街头，真的会有一种浓烈的时光凝固感。虽然这里的所有建筑、所有色彩，都与国内完全不同，但你能真切地感觉到街头巷尾弥漫着的某种气质，与那些如今我们只能在老照片里回忆的时光一模一样。

平房古旧的木质柜台上，堆着一些简单的日用杂货；手写的招牌下，年老的店主叼着一根雪茄静静地等待客人；小贩推着自制的推车，沿街售卖鲜花糖果。除去打印店里挤满了兴奋的年轻人，到处都是慢悠悠的。

在城市的主干道上，我遇到了一条商业街，这里有耐克和阿迪达斯的店铺，但里面出售的商品，几乎都是已经过时非常多年的款式。街上有一家百货公司，可能只有不到两百平方米，店里货品稀稀落落，但这已是周围最琳琅满目的一家商店了。并且，在这里逛需要存包，他们担心客人偷东西，因为商品上也没有防盗扣。这确实是我从小到大第一次经历逛街需要存包的。

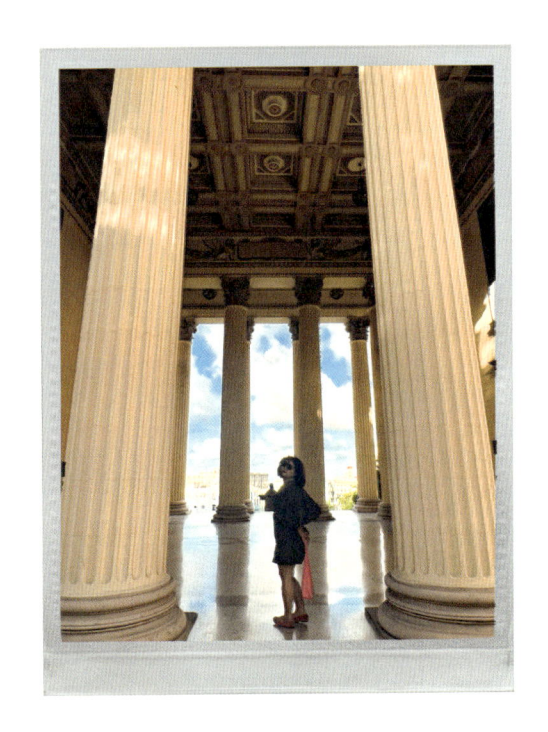

＊拉美地区非常古老的大学之一

我们游荡到了附近的广场，人们在这里排着长队购买一种特色食物，我忘记叫什么名字了，是要用面饼卷着吃的。小贩面前放着几个盆，有烤肉、面饼、黑豆，还有一些说不出名字的蔬菜与酱料，选好配菜之后，小贩会用那种老式的发泡塑料饭盒帮你盛好。那条队排得特别长，我从来不排队买东西，但是因为实在好奇这个东西有多好吃，就耐心站在了队伍里。

我前面是一位带着小孙子的老人，轮到他的时候，我见他摸摸索索地伸手从外套内袋里掏出一个包了又包的小塑料袋，然后一层层解开，从里面拿出了几张现金，我眼眶一下子湿润了。

我想起很小的时候，姥爷带我上街，他也是这样小心翼翼地把钱包在塑料袋里，仔细装在身上，只要遇到我想吃的东西，他也是这样一层层把钱取出来，然后毫不犹豫地递给小贩。

说实话，这份我排了很长队才买到的食物并不好吃，肉特别柴，调味十分微妙，但老人家的小孙子特别兴奋，好像手里捧着的是天下最好吃的食物。我在想，小时候会央求姥爷给我买的那些小吃，恐怕如今我都未必能吃下一口。

但那个时候，当姥爷从怀里掏出那个塑料小包的时候，他买到的东西就是这个世界上最伟大、最美味的食物。

这就是走在哈瓦那街头时我最真切的感受。它就像那些我们始终怀恋，但并不想再次体验的过去，诚然，破旧、匮乏、缓慢，但我们偏偏会反反复复地梦见它。

走马观花地看过市区，老爷车缓缓向郊外开去。似乎因为我去的那一年，这里刚刚遭遇了飓风的袭击，出城的道路上满目疮痍，但好像没有看到多少重建工程的影子。开出城不久，公路也变得原始了起来，路旁大片树林野蛮生长，看起来似乎从未有人料理过。

出城时最动人的风景，反倒是路上千姿百态的老爷车。

几十年前，古巴驱逐了所有的外国资本，它们没有带走的汽车，便修修补补地成了古巴道路上主要的颜色，老爷车爱好者肯定会很喜欢古巴，因为道路本身几乎已经成了一座流动的汽车博物馆。我见到了不少只在好莱坞的黑白电影里见识过的车型，它们独有的设计感确实极其动人，洋溢着复古的浪漫。

导游先带我造访了一个叫作贾曼尼塔斯（Jaimanitas）的小渔镇，这里或许才是整个哈瓦那最出片的地方，因为路与路中间仿佛有一道看不见的次元壁，只要跃入这一侧，世界就突然切换成了童话的模样。

贾曼尼塔斯住着一位叫作何塞·福斯特（José Fuster）的天才拼贴艺术家，他在大约三十年前住进了这座小镇，然后便从自己家开始，一步一步地用极尽狂想的拼贴创作，把整座小镇镶嵌成了一件现代主义艺术品。

* 彩色就像被打翻的调色盘，被时光所珍存

何塞·福斯特的"画笔"是五花八门的瓷片，他的创作很有高迪的味道，小镇里似乎也同样看不到任何一根直线，不规则的彩色马赛克重组了整个空间的语言，歪歪扭扭的瓷片与雕塑上满是只有在拉美才能看到的热烈色彩。走在小镇里，就像走进了万花筒之中，满是梦幻般的扭曲。

*多彩的瓷片和多彩的我

离开贾曼尼塔斯，我们又去了"瞭望山庄"（Finca Vigía），这是海明威唯一在海外购买的居所，他在这里居住了二十一年，也是在这里写下了《老人与海》。

瞭望山庄坐落在一处山坡上，热带植物环绕四周，隐秘而安静。山庄主体是一座米白色的单层公寓，有一种典型的加勒比海风格，不知道是不是海明威有意的设计，房间内里极为通透，如同在譬喻他的一生。

屋子里的一切，据说都保留着海明威离开时的原貌，打字机、书籍、军装、狩猎纪念品、渔具、画作……甚至是沙发旁边的圆桌上，几个空荡荡的酒瓶。

庄园深处，花园的游泳池旁静静地停放着海明威的渔船。船身是黑色的，但船底涂成了厚重的红，绿色的甲板上，木色的座椅、舵轮……各种各样的航海用具虽然已经看得出时间的印迹，但养护得极好，依然隐隐发亮。

我不知道这艘船是否就是《老人与海》的灵感来源。但我想它一定带着海明威见过太多太多加勒比海无与伦比的景致，要不然这个惜墨如金的"冰山"，怎么一遇到大海，就完全放弃了他克制的笔触。

海明威是热爱古巴的，从瞭望山庄里一切的陈列和布局就能看得出来。那是一处你不需要更多介绍，单凭感受就能体会到的"梦想居所"，只有真正的喜欢与松弛，才能生出这么多装饰的心思。

的确，在海明威生活的时代，这个流淌着糖与朗姆酒的加勒比海小国，跟美国比起来，确实是一个富庶又浪漫的度假天堂，如果不是美国后来长达五十年的全面封锁，这里恐怕会是拉美最适合悠闲度假的地方。

*海明威是一个大地主啊

但现在的古巴，真的就完全不好吗？似乎也未必。我好奇地问过导游在这边的生活，她用低到难以想象的价格就能租到一个大房子，有客人就开开心心带个队，没客人就和几个中国朋友在一起打麻将。

古巴是匮乏的，但匮乏也意味着没有什么生活成本。从某种意义来说，古巴所匮乏的很多东西可能只是消费主义在不知不觉中创造出的"必需品"。

如果你对互联网没有那么高的要求，如果你不觉得我们现在所享受到的所有便利都是必需且理所当然的。或者说，如果你真的没有太多物欲，那古巴确实是一个有趣、美丽而且你很难感到孤独的地方。

这里自有一种巨大的野性，它源于拉美天然的气质，你可以驾船去加勒比海，亲眼看看阳光下独一无二的加勒比蓝；你可以坐在海明威热爱的酒馆里点一杯莫吉托，爱怎么发呆就怎么发呆；街头的每个大爷都可能是隐藏的音乐家，只等你一拍手，就用三弦吉他弹出一曲独特的旋律；你很难在这里独来独往，总有人愿意真诚热烈地与你交谈；这里的人们似乎在外貌上得到了格外的关照，街上往来的男男女女，美得张扬，也美得格外出众。如果你想野想疯，有的是让你狂欢度日的方式，因为这个国家在许多规则上都可以随意变通，虽然物价高腾，但只要你不是在古巴工作，赚的不是古巴的钱，或许高价，也无非是平价……

这些都是很好很好的，只是我不喜欢。

离开古巴之前，我约了导游和她男友，以及在机场"救我一命"的小哥一起吃饭，我们去了一处较为偏远的中餐厅，据说这里出售的是古巴最好的川菜。

餐厅在门口摆出一个小摊位专门卖泡面，虽然我是第一次见到中餐厅卖泡面，但我已经见怪不怪了，能有泡面卖，也是极好的。

我点了一份水煮牛肉，但凡在国外的中餐馆，实在不知道点什么的时候，我就会来一份水煮牛肉，毕竟牛肉都差不多，油也差不多，不管是放豆芽还是放白菜，里面总也会有些蔬菜，只要辣椒差不多有辣味，味道就不会偏差得太离谱。

这顿饭吃得很开心，在他们的对话里，我也了解到了更多古巴的生活和故事。

导游说，古巴的年轻人其实越来越少了，很多人都去了别的国家，因为他们会更希望了解外面的世界。生活在古巴的体验，可能会像是生活在一个封闭的盒子里，除去极少部分的权贵与富豪，所有人没有什么太大的差别，人人都活在一种低阈值的状态下，因为无法竞争，所以也就不存在竞争。在被美国封闭制裁了半个世纪以后，这份制裁似乎终于松动了，但没有人知道到底什么时候才能恢复到曾经的光景，也许是明天，也许是明年，也许……

离别之际，我把带来的我自己品牌的衣服都送给了导游。她有些不舍，虽然情绪状态依旧如初见时热烈，但我感受得到，她很有些失落。在机场，导游一直跟我说这里之后会有雪茄节，邀请我一定要来玩，我拥抱着她点头应允，但我心底里知道，如果没有别的特殊原因，我应该不会再来这个国家了。

是啊，这些都是很好很好的，只是我不喜欢，但好奇怪，为什么我竟然也会依依不舍。

* 哈瓦那最美顶楼

结束了古巴的旅程后,我从哈瓦那直飞到了迈阿密,在两地的航线上,我再一次直观地感受到了什么叫作"封锁"。哈瓦那每天大概有十几班的航线可以飞迈阿密,但是你只能"出",不能"进",迈阿密几乎没有直飞古巴的航线。

哈瓦那和迈阿密其实距离很近,只有不到四百公里,这两座城市的地理地貌,甚至是天气都极其相似,但当迈阿密的天际线映入眼帘,你没办法不承认,这短短的距离,竟是彻彻底底的两个世界。

可到底哪个世界更好呢?甚至,我为什么竟然会疑惑起这个问题?

在迈阿密的西南方,有一座基韦斯特岛(Key West),又名西礁岛,在美国文化里会有些类似舟山的"东极岛"。

这座岛上有一个"最南点"的浮漂状标志,上面还写着"距离古巴九十海里"。沿着标志向西,就能看见一座掩映在茂密植物间的黄白色二层小楼,这是海明威的另一座故居。他在这里生活了十年,写下了《永别了,武器》等好几部名作,离开之后,他便住进了古巴的"瞭望山庄"。

Mojito 歌曲 MV 拍摄地

我以前来这里参观过,但除了追慕一下伟大作家在人世间留下的痕迹之外,也并没有感受到太多其他的东西,这次回到迈阿密,我又去这里看了看。

几乎同样的陈设,同样的花园,同样的游泳池、书籍、装饰、照片……但内里有一些看不见的东西,却是完全不同的。

到底哪个世界更好呢?这是一个不可能有终极回答的复杂问题。或许都好,或许都不好,但至少那个你真诚喜欢的,是对你而言的更好的世界。

属于

　　"她"

　　　的每一种颜色

　　　　　都很美

美国，纽约

玖

我去过非常多次纽约,每次都是拍摄、活动、逛街、看百老汇。通常情况下,我去纽约都会精心打扮,因为到所谓"时尚之都",总是要拍很多照片。

在纽约众多地标之中,切尔西市场(Chelsea Market)无疑是我最钟爱的。市场坐落于曼哈顿的切尔西区,介于第九大道上的第15街与第16街之间,以别具一格的风情和独特的历史韵味而闻名。切尔西市场是一个室内集市,有无数美食和很有个性的创意小店。集市的原址是国家饼干公司(National Biscuit Company)的旧工厂,著名的奥利奥饼干就是从这里诞生的。每逢周末,市场内就会聚集起一群艺术家和手工艺者,他们会举办小型的二手市场,再加上各种隐藏的复古店铺,无论逛多久都不会让人觉得疲惫。市场内保留了许多原有的建筑特色,裸露的金属水管、斑驳的红墙砖瓦,墙上还有旧时的饼干广告。这些随处可见的旧时印记,都让人仿佛穿越回了那个繁华的辉煌工业时代。

市场里的美食也不容错过。记得多年前我第一次来切尔西市场时,清晨的生蚝新鲜得让人难以忘怀。我可以站在摊位旁,看着厨师直接现场开蚝,那种生活的气息浓厚极了,又大又多的生蚝让我至今还念念不忘。来到这里,可以挑选各式各样的美酒,不同种类的香料和奶酪让人眼花缭乱,不愧是纽约人最喜欢的美食市场和厨师们的天堂。

* 在切尔西市场(Chelsea Market),每一帧都很出片
服装:真支 TRUEPORT

圣诞季的节日集市，可以让人从天亮逛到天黑。这时走在切尔西市场会变得非常容易迷失，琳琅满目的装饰和节日气氛让市场变成了一个真正的童话世界。冬日的温暖市场是一个避风港，集结了世界各地的美食和人，从生猛的海鲜再到香气扑鼻的冰激凌面包房，还有各种新奇好玩的礼品店。地铁入口人潮汹涌，艺术和时尚在这里巧妙地交织在一起，随手一拍便是一张大片，能感受到建筑师的匠心独运。

纽约谷歌总部就在切尔西市场对面的大楼，一个朋友曾在谷歌工作，每次来纽约，我都受邀去他们的食堂用餐，食物不仅丰富多样还很美味。但我最喜欢的还是站在谷歌公司的楼顶露台上，俯瞰纽约这座繁华城市。当阳光洒在午后的躺椅上，与朋友无所事事地聚会闲聊，享受着阳光的温暖，惬意看看风景，也是美事一桩。

切尔西整个区都充满着浓浓的文艺气息。有很多古董店、书店、新的设计师店，经常有艺术展和各种二手市场，还有很多当下流行的餐厅。当然，著名的高线公园（High Line Park）也从这里穿过。高线公园原本是纽约市一段废弃的空中铁轨，被政府废物利用，在上面种满了各种植物，变成了一个可以散步的空中花园。我第一次去溜达的时候也是十几年前了，还跟一个小帅哥搭讪，而他竟然是一个在上海生活过三年的编剧。

与时尚品牌琳琅满目的 soho 区不同，切尔西带了一种小腔调，小时候看《欲望都市》，女主凯莉就住在这个街区。很典型的纽约房子，砖墙，马路宽广安静，两边有小树，据说拍摄地的这套房子还被某个富豪买下来送给了自己的女儿，这房子可能是全世界喜欢纽约的 city girl 的向往之地。街区的房屋设计也别具一格，临街的房子通常会有一个宽敞的地下室用来储存物品，前面则是一个小小的花园，门前的小台阶足以让一个人静静地驻足于此，享受那份悠长的宁静。砖红色的建筑随处可见，大胆的艺术设计感与历史痕迹完美融为一体，使得这个街区成为我心目中最适合散步的地方。或许是因为看了太多美剧，我对这样的街区总是拥有一种独特的憧憬。惠特尼美术馆（Whitney Museum of American Art）就坐落于文艺青年聚集的高线公园南部、满是环廊的切尔西地区。每一寸土地仿佛都浸透着艺术气息，在这里生活的人似乎也比其他街区的人更懂得什么是放松。

纽约，这座永不眠的城市，总是有无穷无尽的魅力。作为一个散步爱好者，去纽约的中央公园（Central Park）散步也是我每次来必做的一件事。通常情况下，我也会选择在公园附近的酒店入住，以便一起床就能轻松前往。由于经常需要调整时差，生物钟总是让我在纽约的清晨醒来，而这个时候穿行于中央公园的宽阔小径上，感受着清新的空气和宁静的环境，是在纽约开始新一天的完美方式。

随着穿越整个公园，阳光也逐渐洒满草坪。中央公园开始呈现出白天的活力。除了像我这样散步的人，还有坐着马车游览参观的游客。草坪上，活泼的小狗四处玩耍，野餐的人们在树荫下铺开毯子，享受悠闲时刻。还有人选择躺在草地上看书，完全忘却这座城市的喧嚣。

中央公园无疑是整个纽约最为休闲的地方，它的存在让这座快节奏的大城市有了一个喘息的空间。围绕中央公园周边，高端的百货公司和住宅楼盘林立。从这些建筑的窗户往外望去，可以直接看到中央公园。巨大的落地玻璃外就是这个城市流动的风景，让所有的言语都失去意义。

*中央公园，四季都可散步

在不同的季节，走在中央公园也会有不同的感受。冬日，当我踏过被厚厚雪层覆盖的小道时，周围一片寂静，白雪皑皑的世界让人感觉仿佛置身于童话之中。春天来临时，嫩绿的新草如地毯般铺展开来，新生的生命力量在这里蓬勃生长。而到了秋天，落叶如同黄金一般铺满了小径，每一步都踏在沙沙作响的叶子上。

在一座城市的市中心有一个如此大的公园，那些随意坐在长椅上互相依偎的人和嬉闹的孩子，他们本身就是风景，这也让我更爱中央公园了。

*闪现在纽约 soho

这次突如其来的纽约一日行,是为了去看张伟丽的 UFC（终极格斗冠军赛）总决赛。

刚结束了迈阿密之旅,原本约了去华盛顿看我的两个朋友,其实应该算网友——詹青云和庞颖,然后我的另一个网友许美达女士忽然告诉我搞到了张伟丽在纽约 UFC 总决赛的票,问我要不要一起去,于是我把庞颖和詹青云一起忽悠去了纽约,相约去给张伟丽助威。

在这里要介绍一下这几位女士的人物关系。我和许美达是抖音上认识的网友,我刚开始做抖音账号的时候,经常有人给我留言说"你长得好像许美达"或者"你说话好像许美达",于是我去搜索了一下许美达为何人也。结果发现她是个很逗的东北姑娘,然后我们互相关注了对方,之后我们出书都会帮对方"卖货",也时不时连麦聊天,是一种很熟悉的陌生人关系。因为跑去美国玩,所以美达一直很热情地招呼我,邀请我去芝加哥。她和张伟丽成为好朋友,也是源于一些合作,结果发现双方非常聊得来,她也一直想要介绍伟丽和我认识。

我和庞颖认识也是在网上,源于我曾经发起过的一个关于大码女孩话题的语音聊天室,然后互相添加了微信,彼时她和詹青云已经成名于《奇葩说》。后来在朋友家一起参加过一个小活动见过一回。倒是一直没有见过阿詹,也是这次在国外游荡,所以想网友奔现一下。于是我们几个其实不算认识的女孩一起相聚在了纽约,去看张伟丽的比赛。

由于我打车下错了地方,拖着两个三十公斤的箱子在纽约街头狼狈不已地步行了三十分钟后,终于和许美达会合了。当时我已经筋疲力尽情绪焦躁,但是看到美达的瞬间,性格热情的她大声尖叫拥抱了我,我一下子就放松了。她比我在视频里看到的高很多,也瘦很多,非常活泼,我们一下子就拉开话匣子,一点陌生感都没有,大概两个社牛见面就是如此。美达整个人呈现出一种强烈的漫画感,情绪饱满,表情丰富,四肢灵动,语速极快。现实生活中,如此鲜活的人实在太少见了。

我们俩溜达着就去了比赛场地。路上还遇到了警察持枪包围几个本地流浪汉，用手铐铐起来带走人的场景。不禁感叹了一下，走遍世界各地，真的没有比中国治安更好的地方了。

UFC 的决赛在美国体育界算一个大型的高关注度的体育活动，在纽约最大的麦迪逊广场花园举办。抵达现场的时候，抬眼就能看到场馆上方悬挂着的大幅海报。今天到场的除了大几万的观众外，还有很多好莱坞明星和美国篮球橄榄球等体育界的知名人士，在人山人海的现场感受到了这个比赛在美国的受欢迎程度。海报上的张伟丽有着非常健美的体格，平静的面庞下却能让人感受到自信的力量，这是一种不常见的美感。在终极格斗的评级体系里，张伟丽是草量级选手，2019 年她成为中国乃至亚洲首位 UFC 世界冠军。但在那之后，她曾输给了对手，遭遇前所未有的打击。而这将是她拿回自己金腰带的关键一役，外界的说法是，如果这场比赛输了，她未来的职业生涯将会受到影响。

我凝视着张伟丽的海报，感受到一种从未有过的女性的力量。美貌是一种力量，智慧是一种力量，善良的品性也是一种力量，但是张伟丽所呈现的女性力量是最直接的，最赤裸的，最充满技巧和能量的。据说，她平时除了体能训练之外，还有巴西柔术、跆拳道、拳击、中国武术等多项训练。而她基本上一年只进行一次比赛，其他时间都在做训练。要不挑战别人，要不迎接别人的挑战，因为当你的积分够了，你才会有资格挑战金腰带选手。这种纯商业化的体育赛事之所以有影响力，就因其所呈现的残酷和纯力量。今天的比赛有几小时，不同的量级，男女，不同阶段的选手都有比赛，当然越重头的比赛放在越后面。张伟丽的比赛是全场倒数第二个，最后一组是男子重量级的比赛。

这是我第一次在现场看如此暴力的比赛，重拳、KO、压倒、流血，这些才是观众的兴奋点。综合格斗比赛的时间非常紧凑，每一回合只持续短短五分钟。在张伟丽那组上场前，男子组的比赛格外血腥，选手 a 被揍得鼻血横流，血水掉进了选手 b 的眼睛里，趁着对方看不见猛下重拳，于是转败为胜，现场观众非常兴奋，我看得哆哆嗦嗦。和我坐在一起的除了许美达还有拳击金腰带得主张志磊，他也是拳击界的传奇人物，托他的福，给我讲解了一下专业知识，比如裁判如何计分，什么叫 KO。但这种残酷性也让我对张伟丽的比赛更加紧张，天天坚持训练，却在几分钟甚至几十秒钟定输赢。

张伟丽上场的时候，我们都激动不已，疯狂地喊着她的名字。这次的比赛对手是一位美国选手，看上去比她壮实得多，现场其实大部分都是美国观众，但是所有人都在高呼"Wei li"的名字，我还看到了几面国旗。瞬间骄傲感油然而生。一个国家和民族的强大其实在各个领域都是靠实力说话的，当你的实力足够强，就能赢得跨越民族的尊重。我从前看过张伟丽的很多资料，对她的印象一直定格在她的武者气质。她说自己出场时的固定音乐是电影《笑傲江湖》的主题曲《沧海一声笑》，因为那是她童年对武侠幻境的向往；她说人一定要有个目标，并且坚信自己能做到最好。有人向她的女性身份发难，她也笑着回答："想挨打，你给钱了吗？"帅气又潇洒。

许美达给我介绍着张伟丽的团队、教练，还有每个人的背景和能力。然后我就和全世界观众一起，见证了她的胜利。对于比赛的过程我不赘述了，但是她出场的时候，你心就定了。看着她的眼神，你就知道，今天能拿下。这是一种中国武术里很玄妙的"气"，这种气场在竞技体育里尤为重要，一个运动员的状态、心态、体能好像都融化在这种气里。

在观看格斗比赛的时候，你能感觉到整个人都好像置身在激情世界里，没有什么东西能比选手的每一次出拳、踢腿让人来得热血沸腾。我平日不总关注体育竞技，也不太了解那些格斗技巧，但张伟丽在这场比赛中的精神斗志和核心力量完全折服了我。而在经历了一番激烈角逐后，她也如愿取得了最终胜利。在一个常年被西方人主导的体育项目中获胜，并多次拿下金腰带，这是一件非常了不起的事情。

因而当结果出来的那一刻，我忍不住跟随人群兴奋地跳了起来。美达也和我一样，我们对视一眼，那种自发的激动和自豪难以掩盖。我的目光紧紧追随着张伟丽，直到她走出八角笼的那一刻，我看见她满身的汗水附在紧实标准的肌肉线条上，一种无法言喻的震撼感冲击着我。我看见了女性的蓬勃生机，坚定又坚强。

这种兴奋感和冲击感一直持续到我去见另外两位朋友：詹青云和庞颖。深夜十一二点钟，纽约大街上到处都是人，我们在散场后会合，先跑去了韩国城，找了一家烟熏火燎的烤肉店，在深夜的纽约相聚一堂。当我们聊到张伟丽的比赛，每个人都赞叹不已。不久后，和我短暂分别的许美达也来了，我们四个人围在桌前，聊着彼此的生存状况。

美达、青云、庞颖，她们三个是完全不同的个体，但相同点在于，她们都是非常强大且自洽的女性。

*2022年那个深夜，我和许美达、庞颖、詹青云在纽约的烤肉店谈天说地

詹青云总是给我一种云淡风轻的气质，这一点看过节目的人一定会与我有共识，而她本人也确实如此，淡定且从容。节目结束后，她并没有选择乘着东风当一位众人簇拥下的艺人，而是遵循了自己内心一直以来的愿望，继续从事着自己原本的职业，这是一个非常笃定的选择。一个清醒地了解自己、了解世界的人，总是能做出其他人看来有点不知道为何，但自己却知道是最佳的选择。庞颖有着极强的思辨能力，她的才华其实给我一种有进攻性的冲劲，但她为人又非常细致。

我们谈论着彼此的近况，分享着各自生活中的喜怒哀乐。我听她们讲述那些生活的故事，在海外生活毕竟是背井离乡，美达在美国组建了自己的家庭，阿詹和庞颖也一直漂在世界各地。我从小到大一直都想去留学，但是从来没想过会离开中国生活。我们从小被告知地球是一个巨大的村落，全世界人民应该和平友爱。但实际上这些年的民族主义在世界各地蔓延，战争和动乱伤害着普通老百姓的生活。我去了世界上这么多国家，有老移民也有新移民，我像一个外来者观察着他们的生活，有的人甘之如饴，有的人充满怨念，有的人一直动你出国，离开，有的人却是悔恨不甘。我有时候也会有种想去完全没有人认识我的地方重新生活的冲动，哪怕去做自己完全不会的工作，也是一种新的人生。但又觉得这种飘荡没有根基，好像无法离开故土。我们几个年龄差别不大，但是各自的生活轨迹完全不同，共性是我们都是独立、聪明、有才华的女性。也许是因为这点共性我们在互联网上认识彼此，欣赏彼此，在纽约街头一家烤肉店里相聚，把酒言欢。生活真的有很多种形态，没有哪一种更成功。人生是无数个选择铸就的当下，而把每个当下串联在一起，就成了我们自己。

到了凌晨两点多，我们一行人去了张伟丽的庆功宴。她比完赛，还有一系列官方活动和采访。这是我第一次近距离接触到伟丽，之前在台下看她站在擂台上时，只觉她英姿飒爽，但事实上，她的身形并不那么高大，甚至可以说很娇小，可就是这样的身体，竟然拥有着如此惊人的力量。美达抱着伟丽一直哭，哭她的不容易和一路的艰难前行。我很少主动找人拍照，但那晚和伟丽的合影一直被我珍藏在相册里。我想，将来的世界格斗体坛上，一定还会有越来越多中国女性的名字被书写镌刻，但张伟丽是那个开创历史的人。

很有反差感的一点是，与在拳场上的强硬状态不同，私下里张伟丽是一个性格腼腆的女生，她清楚地知道自己的价值和

* 和伟丽的合影，留下珍贵的瞬间

短板。她回国后我们再次见面，面对面坐着，我静静地聆听她讲述那些关于运动员生活的心路历程。荣誉背后往往是不为人知的艰辛，作为一个体育明星，她不仅需要自己参加比赛，还要作为领队给予他人精神支持和帮助。运动员的职业生涯竞争激烈的同时也非常残酷，受伤已是家常便饭，许多人最终都因为伤病而无法继续走下去，选择退役从此告别自己最爱的舞台。然而，伟丽的状态却非常放松，她从未向我表达那种历经磨难后的沉重感。她谈论关于生活的一切，都非常真实，不夸大也不抱怨。而在谈及人生境遇时，她能毫不避讳地坦诚面对低谷和欲望。这是一个不但有强大实力，还有极大人格魅力的人。

张伟丽的精神力远远超乎我预想的坚韧。金腰带和创造纪录背后是艰苦的训练，运动员这个职业非常需要积累和心态稳定，只有经过长时间的训练并保持心理平衡，才能在比赛中取得好成绩。伟丽的日常生活非常简单，就是吃饭，训练，等待比赛。但她并不感到枯燥，反而充满动力。她向我分享了自己的人生困境，也谈论她退役后的职业规划。

女性话题之所以能在今天得到广泛讨论和重视，是每一位女性在自己身处之地的共同作用力。我们或许从事着不同的职业、过着不同的人生，但我们都在为自己的生活而努力，为自己的选择而奋争。我一直觉得一个社会文明进步的标志，就是多元化的美。社会对于成功或者美好不再是单一标准，不是只有美貌或者婚姻幸福才是衡量女性人生价值的有效维度。各种职业，投入其中的奋斗和收获，都可以被看见，被赞美。她们就如同璀璨的繁星，点缀着这个多彩的社会，在这个繁华世界里创造着属于自己的奇迹，讲述着属于自己独一无二的故事。

我之前也写过许多文章，但似乎很少仅仅站在女性这个身份上探讨问题。我的第一本书是一本沟通书，但我想强调的是，沟通的起点是了解自己。我的第二本书是一本人性书，是去了解人的共性、本质。第三本书在讲我看世界的故事。其实这就是看自己，看世界，看众生。自己不是一个单一的个体，因为我们都是社会产物，我们生活在不同的社会背景中，无法单一存在。这三本书的表达方式不一样，叙述手法不同，但整体都是在探讨一个女性如何了解自己，找到自己，成为自己。我是幸运的，我去过六十多个国家，我接触了形形色色的人，我从一个普通家庭的普通女孩成为一个创业者，也成为一个行业的深耕者，我还同时跨界了不同行业，但是我没有组建一个家庭，目前我也没有孩子。

社会共识往往强调单一的女性标准，我理想中的女性应该清楚自己要什么，不要什么，这个不是被常年的社会共识或者要求的标准，是链接自己内心的，属于每一个人独有的需求。当代女性能赚钱养活自己，但很多人其实很难从意识和思想上真诚地喜欢并认同自己以接纳真正的自我、明确自己需求的过程，需要不断与世界碰撞，只有不停探索，才能找到适合自己的人生。身为一名女性，先要努力完成自己的基本学业，让自己有足够的见识和文化，并有机会真正进入职场，接触社会。还有一件非常重要的事——去旅行，去看世界，去遇见。旅行并不意味着一定要去一些非常有名的旅游景点，也不一定意味着出国，而是去看不同的人文景象，体验不同的生存状态。在旅途中，我们会看到各种各样的人和他们的故事。有人在为每日三餐而奔波，有人却出生就拥有一切；有人住在高楼俯瞰车水马龙，有人却生活在人间草木和烟火之中。但无论遇到谁，经历什么样的事，都要保持一颗善良的心。因为每个人都有自己的故事和经历，这些都值得我们去了解和尊重。就像《了不起的盖茨比》中开头提到的那句话："每当你想批评别人的时候，要记住，这世上并不是所有人，都有你拥有的那些优势。"

所有的选择只有在未来的时间里才能呈现出真正的结果，世界上并不存在一个绝对精准的衡量标准。但也只有经过碰撞后的选择才是真实的发自内心的选择，而不是在没有选择时做的选择，即使这二者导向相同的结果，但这个过程一定会带来不同的力量。

真正的女性力量就像杨紫琼在奥斯卡颁奖典礼上说的那样："女士们，不要让任何人对你说'你已经过了巅峰'，永远不要放弃！"不要害怕失败或者走弯路。只要保持一颗勇敢和坚定的心，就一定能够找到属于自己的道路。

静心而行,

　　理性

　　　偶尔失控的　　体验

西班牙

拾

第一次去西班牙，我二十五岁，刚刚参加完巴黎时装周。T台上过于精确的刻度与名利场红毯下暗涌的波澜都让人有些透不过气。因为陪伴明星出行，又是参加最大牌的时尚活动，一路上，我享受到了全世界顶级酒店和奢侈品高级酒会的接待，但这一切都让我惶惶不安，因为觉得这不是二十五岁的我，凭借自己能力获得的生活，而是一种"蹭"。我也许从小就是没啥虚荣心反而羞耻心比较重的人，所以五光十色的娱乐圈生活，让很多同行乐此不疲的东西反而成了我当时的内耗。于是巴黎工作一结束，我迫不及待地把自己塞进了廉价航空座位，去往了巴塞罗那。

　　欧洲会有哪个国家能比西班牙还要热烈吗？我想象不出。在我的印象中，西班牙就像盛夏的流火，所有与之相关的存在都如此鲜艳激烈。弗拉门戈的舞步是这样，斗牛士的动作是这样，西班牙吉他的旋律是这样，西班牙语的速度是这样，连海鲜饭的滋味似乎也是这样……二十五岁的我定了一家二十六岁以上就不能入住的青年旅馆。四个人的上下铺和二十欧元一晚上的住宿费才是当时我的生活写照。

我在巴塞罗那待了好几天,把自己的日程表用建筑、展览、小酒馆和海鲜饭塞得满满当当。一个人坐旅游巴士果然被偷,一个人去看探戈表演被搭讪,一个人在山顶听卖艺人弹唱到日落时分,一个人被圣家堂的辉煌震惊,绕着教堂四面不同的风景说不出话。巴塞罗那成为我全世界第二喜欢的城市。也许是因为高迪给这个城市注入了不一样的灵魂,也许是 tapas(塔帕斯)的美味让我心心念念,一直想再去一次巴塞罗那。

2022 年,我从伦敦飞往西班牙。虽然到达时已经是半夜,但大街上车水马龙,都是在吃夜宵、喝啤酒的人们。也许不是夜宵,西班牙人九点多才开始吃晚饭。我的同伴是我在伦敦偶遇的老朋友,我请了一天专业导游,带领我们去欣赏高迪的所有作品,并认真地讲解了一遍。如果说巴塞罗那一半的灵魂是足球,那另一半只能是建筑,因为这座城市有安东尼·高迪的眷顾,巴塞罗那所拥有的几乎所有世界文化遗产都出自这位天才建筑师之手,他在这里创造了太多奇迹。

我选择将自己交给这座城市的建筑。我很喜欢建筑,因为我觉得比起其他任何艺术形式,建筑所能带来的审美体验独一无二。不是所有人都需要艺术品,但所有人却都需要在建筑里行走。所以一个城市里如果有美丽壮观的建筑,这个城市的人审美通常都不会太差,因为很多艺术品是有分类和阶级的,但建筑是公共的,是所有人可见的。

建筑是城市形态本身，也是美学本身，它是城市政治、历史、文化和时间的无声叙述者。从某种意义来说，无论是文学音乐、绘画、雕塑、影像，还是其他任何一种艺术形式所蕴藏的本质，你都能在建筑里窥见踪影。但，唯有建筑，唯有它所构建的审美体验和审美空间，我们可以真实触碰与依存。

游览的第一站自然是圣家堂（Basílica i Temple Expiatori de la Sagrada Família），它是高迪最为世人所知的象征，恐怕也是巴塞罗那最广为世界所知的象征。

无论多少次站在圣家堂面前，都会感觉语言突然丧失了所有力量，这不仅仅是因为它的宏伟和繁复已然超越了言语可以充分描述的界限。更是因为，这座建造了近一百四十年，至今仍在营造不朽奇观的建筑，仿佛是时间本身。

仰望圣家堂，你会觉得自己像是同时在和过去、现在与未来对话。时间的流动不再是抽象的概念，它显现为每一处雕刻和每一道曲线。个体的渺小不再只是某种不直观的比喻，一个人穷极一生也只能在不知道将要持续到何时的宏大叙事中，增添一两个小节。

我们该拿什么去描述时间呢？或许只有无声的敬畏。

圣家堂的内部同样震撼人心，因为高迪的设计理念很大程度上参照了自然本身，他用错综复杂的结构组合起立柱、回廊、门窗与穹顶，精妙如生理结构。映入教堂的光线会随着时间的变化折射出不同的光影，梦幻般的色彩不断变换、晕染着整个空间，整座内堂仿佛是动态的造物。

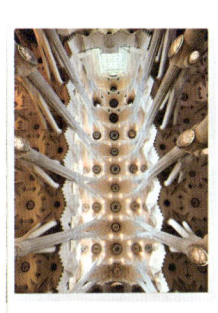

＊照片拍不出来，现场才能看出宏大

而高迪本人的墓地，也在圣家堂地下埋着。这次来我才知道，他原来是死于意外。就是一个普通不过的日子，他溜达着来到工地，也就是还在建设中的圣家堂，路上被车撞伤了。他衣着朴素，也没有得到及时的救助，就这样受伤离世。欧洲很多教堂都是世世代代的功臣建造，那一天，圣家堂的灵魂设计师离开了他最心爱的作品。我看着这座遗世而独立的建筑，不知道他在天上看见此刻的样子，会不会感到满意。

不过，比起圣家堂以时间编织的繁复辉煌所构建出的神性，这一次更触动我的，是高迪设计的最后一座公寓，米拉之家（CASA MILà）。

我想很多人都听过他那句名言："直线属于人类，而曲线则归属于上帝。"高迪终其一生都致力于在自己的建筑设计中展现出曲线之美。不过因为建筑本身的要求，圣家堂里很多地方终究还是需要用直线来呈现，而米拉之家，完完全全是曲线的艺术。

整座楼房看起来像是动态的，白色石材仿佛涌动的浪花，你在这里找不到任何直线，每扇窗、每扇门，甚至每一块墙砖都被他塑造出了一种独特的弧度。高迪用螺旋和曲线重构了所有我认知中应该由直线和矩形构建的空间，怪异却又惊人地和谐，很难想象这是一百年前的建筑，仿佛是外星人在未来的造物。

走出这座奇妙的公寓，我突然觉得，米拉之家像是一个美丽的悖论——建筑应该是理性的，它需要遵循空间的秩序和结构的稳定。但米拉之家却用流动的曲线和不规则的轮廓，轻盈地跳脱出了理性的枷锁，感性的曲线不再是无序与混乱的代名词，而成为另一种稳定的、有序的理性。

理性、规则、守则、方法、认识……除了头顶的星空和空间里看不见的规律，世界上真的会有某种在人的生命尺度里能够称之为"牢不可破"的存在吗？建筑未必总是刚硬直线和严格对称，何况是人的生活和思考呢？

巴塞罗那除了高迪，还有一位举世闻名的艺术家——毕加索。第二天一早，我独自溜达去了毕加索的博物馆。入口藏在小路里，毫不起眼。这里收藏了毕加索早期两千多幅作品，还有他父亲的一些作品，能看到难得一见的还沿袭着传统画风的作品，以及他艺术创作的整个历程，是如何从写实风格一步步到抽象的。有中文导览的博物馆有种不白来的感觉，听得详细，也见到了很多只在图册里看过的传世之作。就像阿姆斯特丹的凡·高美术馆，我在那里阅读了凡·高的人生和印象派的由来，而在巴塞罗那的毕加索美术馆，读到了这位开山立派的宗师的成长之路。这是很有意思的事情，大多数传世之作已经是风格显现的时刻，而结合早期作品和生平，去理解一位艺术家的灵感由来，理解那个大时代下个体的痛苦与反思，都是有意义的。

今天很重要，因为今天是卡塔尔世界杯的总决赛。我开始在巴塞罗那大街上试图找到一家，能有电视机、能吃海鲜饭、能喝啤酒的餐厅。之前咨询导游，他说没有这样的地方，因为吃海鲜饭的餐厅不会配电视机，除了游客聚集的大型餐厅，配电视机的都是酒吧。经过我在大街小巷漫步，终于找到了符合我一切需求的餐厅。因为西班牙时间下午两点，开始决赛，我需要看直播。

那一天的巴塞罗那是独一无二的，即使再钝感的人也能清晰地觉察到整座城市里似乎都弥漫着一种近乎具象的狂热。因为这座城市鲜活的生命力本就有一半归属足球，而这恣肆张扬的活力里，又恐怕有一大半源自那个永远都与巴塞罗那无法分割的，或许是这个时代里绝无仅有的名字，比如利昂内尔·梅西。

落座、点单。海鲜饭来了，比赛哨音吹响了，我额外要了五年来的第一杯可乐，然后随着小酒馆里所有人一起，整个人融进了屏幕里。

除了卡塔尔现场，那天的巴塞罗那或许是全世界最热烈的地方。毕竟那是属于梅西的一场决赛，而这里，是属于梅西的一座城池。小酒馆里兴奋洋溢，无论男女老少，所有人的情绪都处于一种持续高扬的状态。这场比赛的戏剧性让所有人本就激荡的情绪几乎失控。坐在我附近的一个小男孩在阿根廷人最终夺冠之后,完全失去了节制,他用力地砸地,号啕大哭。

我不是球迷,更不是梅西的粉丝。但此刻,坐在这群人中间,再冷静、理性、再不懂足球的人,也很难不共情。此刻弥漫在空间里的情绪,似乎已经和足球无关了,那是一种纯粹的热爱与激荡。

球赛结束,街上的狂欢结束,我去电影院看了《阿凡达:水之道》。想起来很多年前在巴塞罗那也看过一次好莱坞电影,结果没有英文字幕,还配成了西班牙语,好在乔治·克鲁尼演的是一个杀手,台词很少,大部分靠看画面猜。这次特意选了英文原版,但谁能想到这部电影也是一个催泪弹,我这种哭泣爱好者又哭了个不能自已。简直就是眼泪流干的一天。回到酒店,简直情绪耗尽,精疲力竭。躺在酒店舒适的床上,看着屋顶的精致装饰,突然觉得心底空空荡荡的。莫名又想起了第一次来巴塞罗那时的青年旅社,小小的房间里只有两张半旧的双层床,我和三个陌生人一起挤了好几天。我的"舍友"之一是个巴黎女孩,不过我俩几乎没有任何交流。因为整个白天她都在专心睡觉,仿佛西班牙与法国之间存在某种我不了解的绝对时差。但当我结束了一天满满当当的行程,拖着疲倦的身子回到房间,她就会活力四射地从床上爬起,准备冲向夜店彻夜摇摆,好像我开门的动作给她拧紧了发条。

我在巴塞罗那待了几天,她就像这样"摇"了几天。对于她的生活方式，我没有任何意见，但在那个"松弛感"远远没有成为热词的年代，那大概就是可以肆意浪费的青春。

今天的我，当然不会再有这样的好奇，毕竟这一次旅行，我也选择了随意度过时间，但我不会觉得这是"奢侈的"。倒不如说，我现在反而会觉得那种将每天每时都用精确的刻度去衡量，奔跑不休的生活方式，才更接近一种奢侈的浪费。

但我为什么会想起她呢？我来过那么多次巴塞罗那，这座古城已经成为我人生第二大喜欢的城市，可为什么直到今天，我才第一次想起了这个人？

我无法判断这是不是潜意识的某种暗示。但那一刻我突然觉得，可能这一次，我能发现此前从未见过的色彩。

我们在巴塞罗那待了几天之后，租了一辆车朝南向塞维利亚进发。路上经过巴伦西亚和格兰纳达两个古城，终于让我了解了伊斯兰文化对西班牙的影响。到塞维利亚那天是12月23日，就要过圣诞了。虽然塞维利亚和巴塞罗那在历史的层面上可能不分伯仲，但或许因为塞万提斯曾在这里酝酿出了《堂吉·诃德》，因为这里有拜伦的《唐璜》、莫扎特的《费加罗的婚礼》、比才的《卡门》。塞维利亚似乎天然地更给人一种历史和文化的厚重感。

抵达塞维利亚的第一件事，是去了我心心念念快十年的地方——全欧洲最大，全世界排名第三的塞维利亚大教堂（Catedral de Sevilla）。像圣家堂一样，塞维利亚大教堂的建造也经历了百年以上的岁月，时间在这两座教堂身上演绎了完全不同的故事。在圣家堂，你能直观地看见关于时间在未来尺度上的无限可能，而塞维利亚大教堂却是对过去九个世纪的历史厚重恢宏的复调回响。

塞维利亚在几个世纪以前曾是摩尔人的领地，或许也是伊比利亚半岛上最重要的穆斯林城市之一。这座城市留存着相当多伊斯兰文化的印记，以至于走在古城的一些街头，竟会突然有一种仿佛身在北非的恍惚感。

塞维利亚大教堂是九个世纪以前自大清真寺改建而来。高耸的宣礼塔化作钟楼，彩色玻璃拼嵌的精致高窗之下，是雕刻着典型伊斯兰式几何花纹艺术的古墙。步入教堂内部，放眼望去，是高耸至极的华丽拱顶，镀金装饰的奢华中殿，豪华繁复至极的用具与圣器。对我这般并不太熟知宗教文化的游客而言，它们带给我的感受，更多是一种超越日常的繁复精细所带来的单纯敬畏，我所真正震撼的，是安放在大教堂偏厅的哥伦布灵柩。

* 哥伦布的伟大航行在我面前具象化,甚至能感受到他的勇气和决心

哥伦布的灵柩安放在一座高大华丽的大理石基座上,棺椁上雕刻着精致的浮雕,四位象征着彼时西班牙四大王国的人像雕塑庄重肃穆地肩扛灵柩,动作充满着动感和力量,仿佛正在将他缓缓抬向另一个世界的边缘。

从前的我，并没有觉得"世界"有多么遥远，所有距离意味着一份签证、一张或几张机票。但作为一名旅行者，站在一位伟大的航海家的灵柩前，我感受到了一种油然的谦卑。那些我觉得理所当然、微不足道的小事，或许只是因为有人在之前已经蹚平了一条路。

第二天，我们赶上了圣诞夜的弥撒。我无法理解他们唱的歌曲，也无法明白那些仪式所想要表达的神圣意义。但当唱诗班的歌声伴随着座席上方，几乎接近穹顶的古老管风琴的音乐响起，我依旧感动得无以复加。

我相信这个世界上始终存在着某种体验，超越语言、文化、国度，甚至信仰本身。它能够直接穿透你的理性，在心灵深处向你确认，人在这个世界上并不孤独，这个世界也不孤独，没有什么是终究无法互相理解的，只要你愿意感受，你就会与一切相连。

我们在西班牙总共待了十多天，但还是感觉时间完全不够。

西班牙依旧像以前一样，用无比炽热的情绪向我们输出着迷人的活力。这个国家的城市仿佛根本不在意时间的存在，白天黑夜，到处都是活跃欢腾。更重要的原因是，我好像真的慢下来了。

离开塞维利亚之前，我去小剧场认认真真地看了一场本地舞者的弗拉门戈表演。正如我此前喜欢西班牙的理由一样，我痴迷于弗拉门戈狂放的音乐节奏，喜欢舞者充满力量的踏步、拍手、旋转，以及歌手高亢的声音。

我的确不知道究竟是如今的我，已经在不知不觉间整个人都自由地松弛下来，还是我在整个西班牙旅行中都不断暗示自己，慢一点，再慢一点，不要太在乎之前所见到、听到、了解到的一切，只当所有重逢都是初见。

* 光与影交汇，洒下梦幻色彩

这一次，我确实感受到了一些不同的东西。

我发觉，在那些"热烈"之外，我第一次注意到舞者严肃到眉头紧锁的面容，发觉极具爆发力的动作，不仅仅是一种单纯的力量宣泄，在繁杂多变的旋律和不羁的高唱之中，好像有一丝更复杂、更需要时间来消化的哀愁、喟叹，或者任何一种我曾经用"热烈"一以概之的情绪。

我到底该如何描述这种改变？又该如何确认这种改变？我一无所知，或许还没有成长到可以精确地定义出自己每一种细微状态的变化。但有件事我是知道的——

* 在西班牙，我的一切期待都被回应了

西班牙，我当然依旧喜欢你是热烈的，但是呀，现在的我，也喜欢你是寂静的。

自洽 之后,

   便是

  通 透

泰国

拾壹

怀着一种丢下所有包袱的自由自在，旅行到了年末。我想，在这场足够悠长的假期里，我应该是尽情遇见过了——遇见自己、遇见世界、遇见众生；遇见不可为、做不到、一定行；也遇见想象力、不确定和差异性，爱与痛，生与死，怨憎会，求不得……

我毫不怀疑自己的生命体验已经达到了过去三十八年都未曾拥有过的丰盈圆满，但也必须诚实自白，这种丰盈圆满，似乎在目前也远远超过了内心足以接纳和处理的上限。

这或许与旅行习惯有关。我大多数的旅行，本质都像是在匆匆忙忙地独自行走，即便这几个月也是一样。总是忙着在逛街，忙着去看展，忙着寻找当地美食，忙着寻找只有这个国家才会生出的颜色，只有那座城市才能剪裁出的花纹……我总想尽可能地发现和感受旅行地本身，以至于我总是没有太多时间能见见当地的朋友，和她们好好说说话。

这种旅行固然能让我以最大的自由遇见千万种不同，但那些遇见在本质上都是单向度的。它们各自独立，彼此冲撞，遇见的越多，就越会有更多的声音，在我心里激烈对抗。

我觉得已经没办法等到全部旅行结束，再静静思索，细细复盘了。这几个月里遇见的无数故事已经在我的感受里汇成了一种无法定义的谜团，它们鲜活但混沌，以至于让我开始疑惑这些体验究竟会将我的人生导向哪一种答案。

于是，心里便突然浮上了一个小念头：是时候停一下，去找找朋友们了。我一直相信，复杂的问题总会在真诚的对话中拆解出真理，我需要这些我足够信任，也足够信任我的倾听者和交流者，在任何时刻、任何地方，自由自在地坐下来，好好地聊上一聊。

年末到新年的这一段行程，便就这样顺理成章地定在了泰国。

最近几年，我有不少来自各行各业的朋友纷纷迁居到了这里。我时常会在朋友圈里看到几位老友，她们或是骑着小摩托车，游走在古城街道和乡野，在淡淡薄雾里慢悠悠喝一杯本地豆子磨成的咖啡；或是在素贴山上凝望着古寺的佛塔静静出神；又或是和一群异国人聚集在国际社区，派对、市集、读书、聚会，仿佛已经和温婉的清迈古城达成了默契，彻头彻尾地活成了"松弛本弛"。

再漫长的旅行也终究比不过定居，旅行总归是以旁观者的身份，从表面掠过生活的真实，所以我其实也很期待，希望能够透过她们看到一个人究竟如何在自己一切价值和思想建立之后，重新与另一种文化相融，或者始终像一个自觉的局外人，格格不入地坚守自我。我想，我这几个月遇见的故事所生出的谜团，或许需要的就是这样一个答案。

因为是一场"访友"的旅行，所以这一次泰国之旅，也不免俗地带上了几分"业务考察"的动机。毕竟，老友里面除了"泰松弛"，还有另一群"泰努力"早就乘着"经济出海"的浪潮，跑去泰国拓展起了东南亚的生意。所以我也很好奇，想看看自己的事业是不是有可能在这里开出一丛金链花。

跟着几位做投资和实业的朋友在曼谷、清迈、芭堤雅等几处待了好几天，倒是很直观地理解了他们移居的原因。首先是物价，如果完全以中国人的视角衡量，本地人眼中连年飞涨的生活成本，依旧也只是一个低廉到足够让人安心的数字。

*"松弛本弛"

我有位朋友是地产投资者，他主要运营的项目是联排别墅。两层精致楼房，门前独立花园泳池，一整套的豪华国际酒店级配套装修和服务，但这样一套放在海南起步需要五六百万的独立别墅，在这里售价最高也才一百五十万。租房则更便宜，以清迈为例，除非一定要租住在高级酒店里，寻常的长租民宿一年下来甚至只需要几千元，至于其他的日常生活费用，如果按照北上广的标准，几乎都可以忽略不计，这也无怪乎泰国最近几年变成了"数字游民"公认的最佳聚集地。

物价之外，泰国的国际化气氛，可能也是他们移居的重要原因。或许是因为佛教心怀慈悲，宽容待人的教义传统带给了泰国人普适的友好与包容心，跟着朋友四处游走考察的几天里，我感觉自己遇到了远比曾经去过的任何一座城市都要多的国际化社区，热门区域里，共享办公空间随处可见。最让人惊喜的是，我在清迈甚至还遇见了几个完全女性向的社区，它们让我想起了在伦敦时曾想象过的纯粹的女性俱乐部，来自不同国家、不同年龄、不同身份的女性，因为对"女性力量"的认同而聚在这里，自由地交流思想、共同工作、创办市集和活动。这里就像一个多元文化鲜活的交汇点，充满着活力和创造力。

不过考察了几天之后，我的结论是，虽然泰国看起来一切都很好，但我可能很难会想要在这里开展业务，因为在这一切美好之下，泰国还有另一种我难以接受的巨大的力量——无序感。

作为一个极其在乎秩序感的人，走在泰国的街头，我确实会感受到一种恐惧。汽车、电动车、摩托车、自行车毫无分流地在马路上穿行，出租车没有定价系统，车费多少全凭与司机的讨价还价，所有人都开得极快，逆行与否并不重要，只要路上还有一道可以容纳车辆通行的缝隙，就会毫不犹豫地抢道过去。城市里许多区域似乎看不到明显的规划印记，小巷错综复杂，现代高楼和传统建筑极其突兀地结合在一起。夜市里人头攒动，每一处通道里都挤满了摊点，但如果想要去排队吃上点什么，往往又是排了很久的队才发现，原来最有效的手段，就是根本不管队列，就这样直接挤到最前头……

以前听说，泰国有一种叫作"ช้าๆ"（chá-chá）的文化特质，意为"慢慢来"或"慢一点"，泰国人总是不急躁，不紧张，对待生活和工作都是一副享受当下的轻松节奏。但说实话，我并没有直观地感受到这种"慢慢来"，反倒觉得他们都很着急，都很快。这大概也是"无序感"所带来的力量吧。因为"规则"在泰国人的眼里自有一种灵活的认识法则，所以他们似乎总可以在没有任何束缚的状态下，尽情地释放着活力。

* 尽情地释放着活力，慢下来享受生活

遇见的每个小贩都在努力地用各种办法向我兜售着产品；乘坐的每一辆车司机都像手上还压着好多订单所以在拼命地赶着时间。每个人节奏都很快，都像是在赶着做事，甚至连玩乐似乎也是一样。在欧洲，你会觉得过了晚上八点就很寂寞，街道上冷冷清清，但在泰国，所有人好像都可以从傍晚一直狂欢到白天，直到太阳热到不得不进屋为止。

热带国家本就天然拥有着巨大的活力，整座城市的能量都和热量一样充足。在北欧，你总会觉得到处都是阴沉沉的，整个世界的画面都是高冷的灰色，但在泰国，大街小巷无时无刻都有鲜艳的色彩在你眼前迸发，叠加上这种奇妙的"无序感"所生发出的活力，简直热辣滚烫。

我很好奇朋友们是如何看待这种状态的，但"采访"了几位老友，得到的答案竟然惊人地一致：无序吗？这种无序，就是泰国的秩序。

的确，这个国家，好像确实拥有着一种并不同于我理解的秩序，它到处充满着一种巨大的反差。这里有世界唯一真正掌权，甚至不可以被议论的王室，但这里也是"数字游民"们最热爱的现代国家；它是虔诚的佛教国家，佛教的教义贯穿在绝大多数人的文化血脉里，但充斥在芭堤雅街头巷尾的红灯区，在旅游地里飘荡不散的大麻气味，却好像也没有任何格格不入。这里的人们似乎总是在赶着时间，从某种意义而言，泰国却没有时间。

宁静与喧嚣，虔诚与放荡，神圣与世俗，甚至是罪恶和秩序，同时直接地显露在这个国家的最表层，达成了一种奇妙

* 在苏梅岛，从日出到日落

的自洽。我突然觉得，在来泰国前，我想问的、想讨论的、想用朋友作为方法来照见自己的问题，已经没有必要多说了，我需要的，也无非是一种自洽。

何必非要让所有的故事都导向一种必然的结局呢？何必非要将所有正在碰撞的都导向彼此分离的轨道上呢？通透，不一定只意味着看穿所有的混沌，或许也意味着，能够审视自己所有的碰撞与共存，并且让它们就这样对抗着，也平稳地停留在内心中，任由其自然生长。于是，突然便豁然开朗了。

在泰国的最后几天，我决定让此前所有的计划都随风而去，只是和老友们一起，享受闲暇时光。算起来，有些朋友我们几乎二十年没有在一起过了，但让人开心的是，虽然我们都已经变成了另一个人，但坐在一起时，时间又突然回来了，这或许在某种意义上也是一种验证友谊的方式。

我总固执地认为真正的友谊不是靠维系而来的，它是自然形成的，就像宇宙间的规律。能决定人和人之间相遇的，一定是一种更深层的内在契合和自然吸引，是对于彼此本质的深刻理解与尊重，时间足以让一切坚固的东西烟消云散，但这样的友谊除外。

跨年之夜，新认识的一对艺术家朋友，在曼谷的四季酒店定了一处可以看烟花的位置，我和其他几位老朋友一起挤了过去。

空气中弥漫着热带夜晚的温暖和湿润，眼前的湄南河仿佛是一条灿烂的丝带，静静流淌在夜色之中，连接着曼谷的灯光和天际的星辰。

此刻，湄南河畔已经变成一个巨大的欢乐场，音乐的情绪随着人群的欢闹不断升温，感觉它们在一起编成了一张无形的网，将每个人紧紧相连。零点钟响，极绚烂的烟火划破夜空，爆开一束繁花，湄南河突然就被点亮了，天幕灿烂，人群欢呼，夜幕中变化的光影，在水面上折射、延伸，整条河流像被点燃一般，成了一条流动的光河。

看着身边的好友、手中的酒杯、周围的人群，在热烈的音乐里，我突然极度平静了下来，仿佛世界突然被摁下了静音键。我知道，现在的自己，真的是通透了。

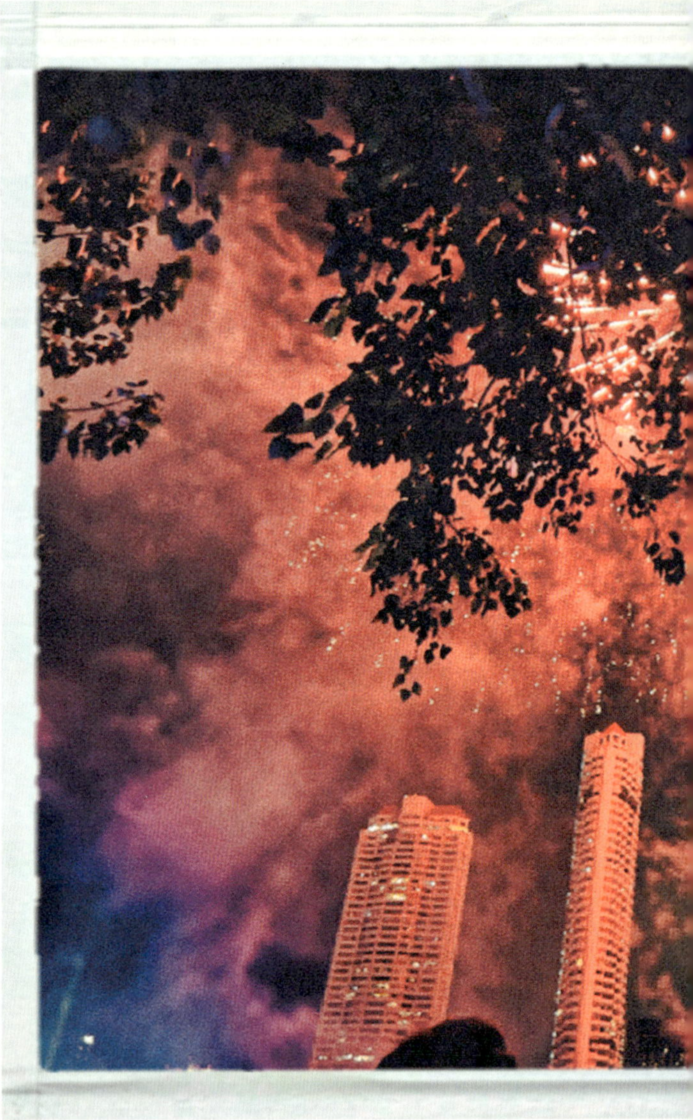

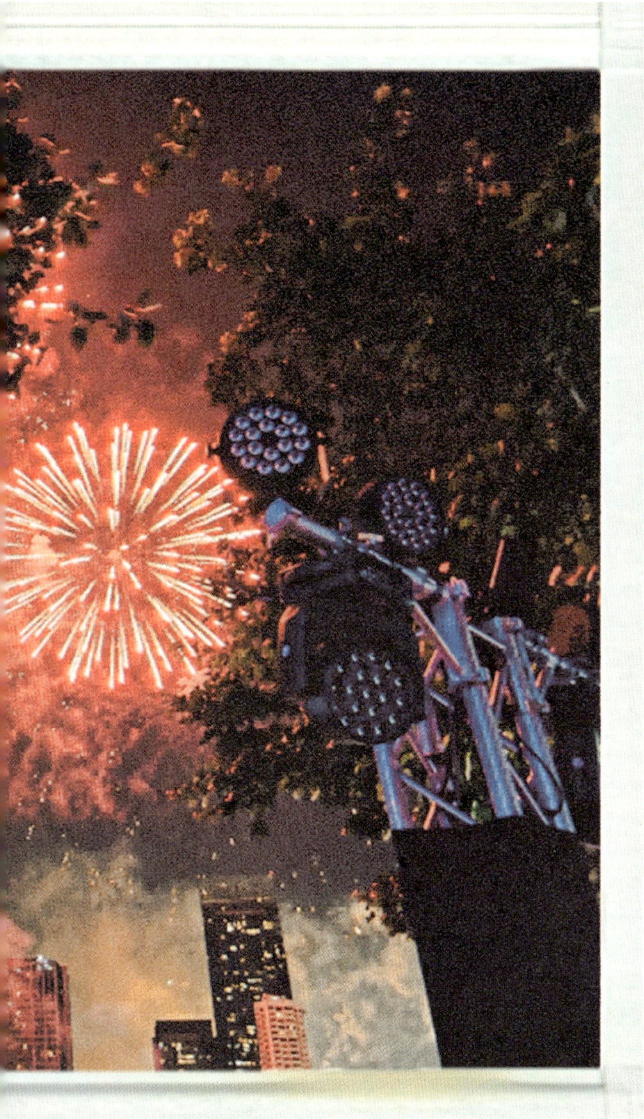

制造出的　繁荣，

　　　是否指向

　　　　此心　　归处？

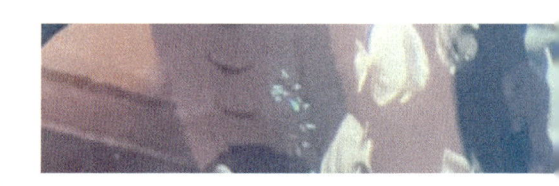

迪拜

拾贰

我没经历过四十年前"三天一层楼"的"深圳速度",但曾目睹过仿佛来自全世界的建筑工程队,熙熙攘攘地从波斯湾和沙漠中经过。

十年前,我从瑞士回国,适巧经停迪拜,便在这座城市盘桓了几天。彼时迪拜哈利法塔已经建成四年了。以这座世界最高的建筑为圆心,延伸出的每一条射线上,都挤满了正在兴建的工程。深圳曾有一句著名的口号"时间就是金钱,效率就是生命",迪拜把它颠倒了过来,黄沙之下流淌着的黑色黄金无休止地驱动着一切高速奔跑。在这里,"休息"似乎并不存在,无数的脚手架像是城市正在高速生出的骨骼,彻夜不休的工人与机械,让沙漠一夜之间便生出了血肉。

那时的我,正是志得意满,自诩已经见识够了足够盛大,甚至是足够奢靡的世界。但在迪拜闲游的那几天,我还是为这片沙漠上所目睹的一切惊叹不已。

这是一座崭新且华丽的城市,雕栏玉砌、琼楼玉宇、金碧辉煌、堆金叠玉……感觉所有豪奢的比喻在迪拜也无非只是某种客观陈述,甚至有时陈述得还不够充分。直到今天,我依旧记得第一次走进棕榈岛亚特兰蒂斯酒店,目睹那座足有两层楼高度的水族馆时,心底里的震撼——

在沙漠中催出高楼,在海上生出土地,在土地里造出深海。

多年以后再次造访迪拜,当初那些一个个二十四小时建造不休的工地早已成为一座又一座的"世界第一"。听说迪拜酋长曾说过"没有人记得世界第二",这座中东城市就像是染上了东亚的"优等生焦虑",上次来时见到的那些震撼景致早已被更迭了不知多少次。这里就像是一块巨大的试验田,验证着人类到底可以单凭财富和想象,在本来空无一切的土地上造出怎样的不可思议。

记得第一次来迪拜时,住在万豪酒店,下楼吃早餐的时候居然要排队。说当时气温 37 摄氏度是一年最凉快的旅游旺季。早餐厅门口的队伍从餐厅内直接延伸到了走廊,仿佛我去的不是餐厅,是黄金周结束的夜晚,高铁站里唯一开启的出租车候车区。

这次来迪拜,住在一家酒店公寓,楼下有一家夜店。虽说是"夜"店,但我就没发现哪个时段里络绎的人流有哪怕些许平息,楼里永远挤满了喧嚷的人群,不同语言,不同人种,仿佛全世界的人都挤来了这里。凌晨三点除了动次打次,还有刚刚下车准备来狂欢的各种妆容精致的美女帅哥。

迪拜的人更多了，可能因为上至国家政策，下至配套服务远比当年完善得多。晚上走在迪拜的大街上，只觉得整座城市都像是一座巨大的欢乐场，到处灯火通明，尤其还是在世界杯期间，到处都是看球的人。它就是一朵二十四小时在沙漠里热烈开放的黄金玫瑰。

在迪拜生活的人，更多的是来自异国的劳工与游客，现在这里还多了非常多的投资客。迪拜的原住民并不多，很多人生下来可能就已经是百万富翁了，所以它给予了投资者许多有利的政策，鼓励他们不仅仅来迪拜工作，更是直接定居于此，所以许多大型集团公司甚至都把总部直接迁去了迪拜。

当然，或许更重要的一点在于，迪拜似乎跟每一个国家的关系都很不错，至少它看起来远比欧洲某些"中立国"更有一种"我家大门常打开，欢迎你来做生意"的状态。这里开公司免税，各种各样的优惠政策，吸引不同国家的投资客。虽然作为阿联酋的酋长国之一，迪拜自然也是以伊斯兰教与伊斯兰文化为主流，但这座城市确实已经展现出对于多元文化的极大包容，除非你的所作所为真的在刻意触犯禁忌，否则宗教信仰对于异国人会造成的影响似乎并没有太过明显。比如"斋月"里，你还是能按照自己的习惯，找到可以吃饭的地方。

相较于我去过的其他伊斯兰国家，感觉迪拜的伊斯兰文化本身也尽力地呈现着一种"世俗化"，在商场里经常会看到本土设计师基于传统服饰设计的改良款型。商场里的女孩们虽然都穿着全身的黑色罩袍，但还是能看得见精致的眼妆、美甲、漂亮的鞋子、高级的挎包，想必黑袍之内，一定也穿着特别美丽的衣服。

如果以一个世俗游人的眼光去观察这座城市，任何溢美之词可能都是不够的。但光必然是和影相伴的，即便这座城市能够用无与伦比的财富营造出最超乎想象的景观，但人终归不是生活在景观里的，人只能生活在现实里。

虽然在迪拜待得并不久，但我还是观察与了解到了许多或许值得深思的细节。

从建设角度来说，迪拜确实很像四十年前的深圳。我有一位朋友恰好在迪拜做房地产生意，他说这里的市政建设极其疯狂，整个城市都在拼命建楼，人们也在拼命买楼，有时新房开盘只有图纸也能一下卖空。在迪拜盖楼特别快，绝大多数国家对于建筑工程时间是有明确要求的，但是有段时间迪拜可以机器不停人不停，二十四小时循环开工。直到后来发生了不少事故，才做了些调整，但在别的国家需要六个月才能完成的工程，这里可能三个月不到就结束了。

但这个速度并不一定是财富，或者某种建设的信念激励而来的。迪拜，甚至其他几个酋长国，都存在着外籍劳工的权益问题，他们拿着极其微薄的工资，却要付出或许是十倍于所得的劳动。

迪拜确实开放了无数的机会，所以也涌来了无数想要捞一笔的人，任何一种极其生机勃勃的生态，必然也会伴生出无数野草疯长。在表面的金碧辉煌之下，这座城市里其实还有无数制度和文化交叠而成的缝隙——包容的文化与市场，甚至容忍了许多阴暗公然现形，而构成主体文化的民族性与教法思想，终究还是会造成对于女性的巨大不公。剥削和尊重，保护与物化，看似对立的词语会在同一时刻发生，而且好像没有人觉得怪异。这里的每家餐厅、酒吧，都有做"part time"兼职工作的女性，因为大量出差或者旅居的单身男士在夜晚无所事事。

我遗憾我没有更大的能力去思考这个问题。

我还跟着我的朋友去了一趟阿布扎比，这里是阿布扎比酋长国的首府，也是阿联酋的首都，距离迪拜也就一百四十多公里的距离。它与迪拜很像，也是纯以人（或者金钱）的力量，在沙漠上凭空建起的惊艳都市。

我们先去拜访了阿布扎比的谢赫·扎耶德大清真寺（Sheikh Zayed Bin Sultan Al Nahyan），我买了一身从头包到脚的长袍，不然根本走不进大门。这里是世界上最大的清真寺，外部几乎由纯粹的大理石构成，周围环绕着许多倒影池，蓝色的池底和头上的青空将清真寺主体衬托得益发肃穆，洁白到不真实。但一走进内部，又毫不意外地被财富"晃瞎了眼"，数不胜数的立柱上精巧地排布了珠宝，所有远看以为是彩绘的细节，凑近才发现都是珍贵材料的镶嵌，每一处角落里都充斥着金色元素，想必都是黄金铸就，毕竟你很难相信这里会做得出镀金或者镀铜这种事情。

可能还是我见识不够吧，走在这座"玉楼金阙"，居然几乎感受不到什么宗教的"神圣感"或者"仪式感"，财富不动声色地解构了一切，唯一能感受到的，竟然只有单调的"奢华"。

我们还拜访了阿布扎比的卢浮宫，这里是阿拉伯半岛最大的艺术博物馆。它真的是字面意义上的卢浮宫，据说是法国在海外最大的文化项目，

* 富丽堂皇的美，让人眼前一亮

由著名的法国建筑大师让·努埃尔设计而成。阿联酋向法国支付了一笔天价资金购买到了"卢浮宫"的名称使用权，并向卢浮宫等许多博物馆租借了千百件珍宝作为常设陈列。

当时这里正好在做印象派的特展，真的难以想象那么多欧洲画家的传世之作居然极其完整地密布在了这个空间里，这些作品我曾在巴黎的奥赛博物馆（Musée d' Orsay）看到过。沿着巨大银色穹顶往里走，除却已经快要说累了的"震撼"，感到的更是一种巨大的"荒诞"。一年之后我重新回到巴黎奥赛，又看到部分作品"回家"了。

这里的展陈逻辑和许多艺术馆或者博物馆都不同，它不是聚焦于某一个主题，然后充分展现这个主题下的所有宝藏，而是用一种或许可以称为"全球性"的视野，把某一个时间轴上人类文明所有的不朽横向展开，让所有文化在这里对话。

"荒诞"在于，你知道这里的一切并不是原有的，甚至连"名头"都是租借而来的，它不是创造者，只是搬运者，但偏偏就是这样一种纯粹以金钱的力量驱动的"拿来主义"，却缔造了似乎远比"创造"更伟大的奇观。

或许是我想得太多，但我觉得阿布扎比的卢浮宫像是一种关于譬喻的缩影。不管是迪拜，还是阿布扎比，这些沙漠上的城市里的一切真的都很像这座奇妙的海上博物馆。它们有最好的规划、最好的建筑，世界上所有美好和奢华都向这里持续靠拢，但如果我们暂且剥离掉这一切，到底剩下什么是它们本身呢？

仔细想想，我去过的每一座城市、每一个国家，它总会有一种文化，或者说不清道不明的"气质"，让你觉得它是如此地与众不同。可能是我造访的日子还是太短吧，一层层剥开黄金玫瑰的花瓣之后，突然发现眼前剩下的只有沙子而已。

无限财富在沙漠里造出了一场华胥之梦，它无比真实，却好像又经不住深入肌理，毕竟真正组成肌理的那种文化，似乎是严格地不许外人进入，尤其不许女性所进入的。

但只停留在梦里不好吗？一定要去深刻地感知些什么，或者在某种确定的文化下生活才是正确的吗？我也确实没有答案。

冰封世界见证,

相爱的人,

终将　　重逢

冰岛

拾叁

前几年，我特别喜欢一位叫比约克（Björk）的冰岛歌手，我很欣赏她离奇古怪的编曲，幻梦般光怪陆离的视觉，以及那种隐藏在奇诡和实验的旋律之下的，某种纯粹的情绪，这让我连带着开始对冰岛有些着迷。因为任何艺术本质上都是从土地里生长出来的，只有足够离奇的风土，才能孕育出这样的创作者。

但旅行可能确实需要某种缘分，虽然念念不忘，但我始终没有找到一次契机，去亲眼看看这个"世界尽头的冷酷仙境"。直到我几乎已经快对比约克失去兴趣的时候，有一年我和宋小花一起去米兰时装周出差，结束后正好是国庆长假，聊天时偶然聊到了冰岛，我俩竟然一拍即合，当即开始呼朋唤友，不到一天时间居然攒出来了一个十几人的大局。

我们从米兰直接飞去了冰岛的首都雷克雅未克，那是一趟夜航班，航程三四小时，抵达雷克雅未克的国际机场时已是凌晨，我在飞机上一直没有睡着，北极圈外围的气流颠得人格外精神。我们一行三人最早到，提前租了车，开始了在冰岛的自驾之旅。我原本订了一个距离机场特别近的酒店，想着下了飞机先去睡一觉，睡到中午后续的酒店正好可以办入住。但当我们按着地图赶到酒店门口，场面简直令人震惊，以至于我都想掏出手机认真地查一查，我到底订了一家酒店，还是一座马厩。旷野上土地泥泞不堪，一座独立的两层小木屋杵在那里，看着非常得不牢固。秉着"来都来了"的精神，我叹了一口气敲了敲门，但周遭的世界里只有敲门的回音……

敲门、拍门、砸门、打电话找人……我们尝试了除了撬锁进去的所有方法，但根本没有人回应，查预订信息，打电话没人接，网站没人回复，折腾了半小时，最后放弃，开车又直奔雷克雅未克市区，等到终于消停地躺在床上，天已经大亮。

"魔幻国度总得有个魔幻的开始，这很合理。"我这样地安慰了一下自己。

一觉醒来，快到中午，随便吃了一个三明治便出了门。我们先去找了个乐器店买吉他，同行的有位朋友是音乐人，于是我们这一路，几乎都是在弹着吉他唱着歌。我开车，副驾驶和后座的朋友们合唱。

接着我们去了雷克雅未克的地标，或许也是冰岛最著名的建筑——哈尔格林姆斯教堂（Hallgrimskirkja）。

跟之前参观过的许多修建时间动辄几百年的古老教堂比

171

起来，建于 1945 年的哈尔格林姆斯教堂算得上极其"年轻"，但走到跟前仔细欣赏，它真的仅以建筑本身，就拥有了一种丝毫不逊色于任何大教堂的绝美。

据说，哈尔格林姆斯教堂在设计时充分参考了冰岛特有的景观，整个教堂的外墙是由一根根仿佛熔岩凝固后形成的岩柱构成的，它们有一种动态感，向上延伸，直指天空。在冰岛的冷风里，抬头仰望，整座教堂看起来就像一个蓄势待发的巨型火箭，仿佛象征着人类精神向上的力量。

在市区匆匆逛了几小时后，大部队终于会集。第二天真正意义上的冰岛旅行，总算要开始了，第一站是钻石沙滩（Diamond Beach）。

地处北极圈的冰岛，是一座暴烈的火山岛，冰川与烈焰在这片土地淬炼出了太多恣意、狂野、怪诞却奇妙梦幻的景观，钻石沙滩就是其中之一。它在冰岛南部，靠近杰古沙龙冰河湖。从冰川上坠落的碎片，会随着冰河的脉动被冲上这片沙滩，海浪与潮汐打磨着这些冰川碎片，它们有些可能只有拳头大小，有些或许比人还要高大，但每一块都宛如精心雕琢的钻石，有时候你可以在冰块里看见清晰的气泡，那是千万年前被冰封的呼吸。

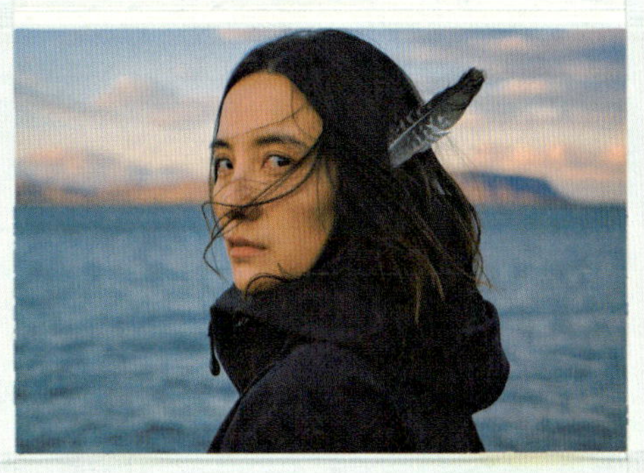

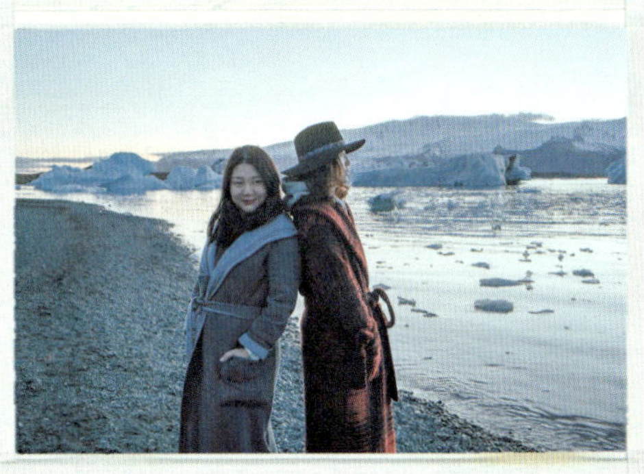

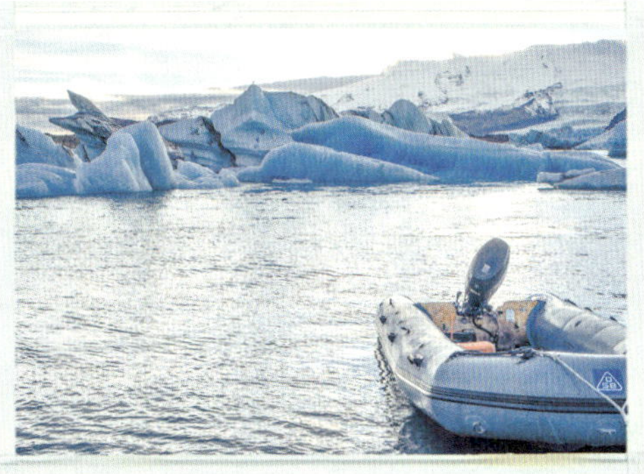

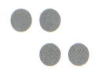

这片沙滩是由岩浆冷却后的玄武岩颗粒组成的，漆黑，细腻，仿佛一块巨大的黑色天鹅绒毯。我们抵达的时候已是接近黄昏，落日的余晖透过"钻石"折射、散射，越来越暗的黑色沙滩反衬着这些冰块格外闪亮，仿佛太阳用它今天最后的光，帮所有的冰块点燃了内部的火焰。我们由于在路上加油加错了，给汽车加了柴油，导致汽车开不动维修了两小时，到达的时候，太阳最后的光线洒满漂浮在水面的大冰块上，菱面反射着粉红色的光，犹如巨型的粉钻，接着光线逐渐暗了下去，直到世界变成一片静谧的深蓝。

我们在钻石沙滩上拍了很多绝美的照片，路上随便吃了顿，开着车准备去往今晚的休息地，一座位于悬崖边上的别墅，已经提前在Airbnb（爱彼迎）上订好了。快到目的地的时候，突然下起了雨，大雨滂沱中，山路七拐八拐，绕了又绕，总算开到了悬崖顶端，一座小楼近在眼前，颇有一种遗世而独立的精髓。但当我们冲到门口查阅订阅邮件，才发现房东竟然留了几道线索，要我们找钥匙！妈呀，现实版密室游戏。只是我们被挡在了外面，四处没有躲雨的地方，我们也没有雨伞。最后只好大家伙在车上等着，我们三个自诩聪明的人冒着雨解密。同时还等于在做英文的阅读理解，我简直要大崩溃。然后打电话给联络人问能不能直接告诉我们钥匙在哪儿，惨遭拒绝。具体的题目我已经忘了，大概就是某个盘子下面有个锁，打开了还有下一个地方，再用这把钥匙打开另一个锁，最后给了个密码开门，耗了快四十分钟，总算进了门，我已经被大雨浇透。

我对冰岛人的精神状态，至此又多了几分新的理解。

虽说是别墅，但内部的房间没有我们想象的大，以至于有朋友还得在沙发上凑合一夜。因为雨下得实在太大，周遭一片漆黑，什么都看不见，屋子里也感觉格外湿冷，房间家具看上去不错，但我此刻只想洗个热水澡。

所有人休整完，分配好房间，开始了围坐游戏环节。这时候就凸显出有一个会玩游戏又懂音乐的朋友是多么幸福的事情。所有人围坐成一个圈，一起来"创作"一首歌，他先弹着吉他唱了几句，描述了一下自己此刻的心情，接着每一个人需要自己想一个调子，然后编出来几句歌词，同样唱唱自己的感受和心情。

因为出游是临时攒的，所以其实有些朋友彼此之间还不熟，但是在我们用千奇百怪的节奏与旋律合作完这首众人的歌之后，气氛一下子就燃烧了起来，所有人都开始无所顾忌地歌唱，分享自己的故事，喝着酒，哼着不成调的曲子，最后再被编曲，成了一首完整的歌。我们在那里欢呼，甚至舞蹈，好多年过去了，我现在根本记不得那个暴雨寒夜里的别墅长什么模样，脑海里只剩下了那一大段狂欢的旋律。

我太热爱这种狂欢了,我太热爱这些狂欢的人了,就像杰克·凯鲁亚克在《在路上》里说的:"我觉得只有疯狂的人才是真正的人,他们疯狂活着,疯狂说话,疯狂想要得救,渴望同时得到一切,他们从来不打哈欠,从来不说一句庸俗的话,只是燃烧、燃烧、燃烧,像那些美极了的黄色吐珠烟花,炸成一只只蜘蛛,遮住漫天繁星,你看见中间的蓝色光芒爆开,所有人都说'哇哇哇'!"

* 遇见不同的风景,每一天都是新的体验

* 要和朋友去更远的地方，探索更多的未知

冰岛是一个特别能出片的国家，冰川、火山、熔岩、瀑布、苔原……这些你平素旅行中很少能见到的奇异景观，全部浓缩聚集在了这座小岛上，它确实像是地球上的异星，有时极美，有时又极诡异。走在冰岛，会有一种特别强烈的移步换景感，可能你刚刚还行驶在一片荒凉的灰白苔原上，但突然眼前多了许多奇异的冰原植物，然后下一个场景里，突然出现被森林包围的瀑布，可眼前的绿色没停留多久，天地间又突然是一片极寒的冰蓝。

很多国家的景色其实是有一致性的，无论你去哪里，你所见到的一切总是大体相似。比如瑞士，不管你去哪里，总是青山、绿草、红色的小木屋，一望无际的青翠，阿尔卑斯山永远保持着一种人间仙境的风光，就像待在动画片里一样。但冰岛就像一个喝高了的剪辑师迷醉拼接的一卷胶片，这一帧你还在《冰雪奇缘》，下一帧又是《星际穿越》，然后紧接着一帧《指环王》，魔多的末日火山，仿佛就在你的眼前。

冰岛另一处让我极其怀念的奇异风景，是黑沙滩（Black Beach）。

在这里，整个天地都像是被加了一层去色滤镜，除了漆黑的玄武岩沙砾和白色的海浪，周围再无其他色彩。近岸的海滩上，矗立着许多座巨大的岩柱，哈尔格林姆斯教堂外墙大约就是在模仿它们，巨型岩柱天然生出了条条棱角，让它看起来

*整个黑沙滩只有我一个红衣在旋转

就像一座天造的管风琴，于是，沙滩上的所有风和浪，都变成了自然伟大的旋律。

　　漆黑的沙砾会吸收太阳的光泽，走在细腻的沙滩上，你能依稀感觉到，整座沙滩都蔓延着一层微妙的光。海岸边的气候变化莫测，有时天突然会暗那么几瞬，也不知道藏在哪里的雾气趁着机会飘向了沙滩，世界迷蒙，沙滩的黑色益发深邃，一大片白色被拍上滩头，但只一瞬，世界便又重归暗色。

在极致的黑白间，任何一种突出的色彩，都会显得格外动人。我当时特意带了一条酒红色的裙子，站在狂风和大雨里疯狂地拍照。海风几乎吹炸了我的纱裙，镜头在暴雨里捕捉的也几乎都是模糊的身影，但即便如此，我和另一位喜欢摄影的朋友还是根本停不下来。因为天气越是恶劣，黑沙滩的纯粹对比就显得越是明显，面前的整个世界都变成了一块黑白的画布，感觉风和雨都像是在催着你，快一点儿，再快一点儿，快给这片世界染出色彩！

在冰岛之后，我每次出去旅行都一定要特意为即将遇见的风景准备专门的衣服，因为你永远都无法预知即将看见的风景会让你多么地着迷，所以当那一刻来临时，我希望自己会是彼时彼刻最美丽的样子。

黑沙滩淋完一场痛快淋漓的大雨，我们跑去泡了蓝湖温泉（Blue Lagoon），它也是冰岛的标志胜地。但很可惜因为我们预订得太晚，只买到了晚上的门票，蓝湖已经完全融在了夜色里，只有蒸腾的雾气依然清晰。

蓝湖其实是一个人工湖，得源于七十年代冰岛对于地热资源的开发，经历了几十年的发展，它的温泉康养服务极其完善，感觉就像一个巨大而精致的水上乐园，除了没有滑梯。躺在温泉里，服务员送来了各种各样的面膜和饮料，敷上深吸一口气，突然觉得看不到湖水的蓝，好像也不是什么特别可惜的事情。

但离开蓝湖，我们却偶遇了巨大的惊喜，泡完温泉一出来，又倦又放松，我懒懒散散地开着车，近乎龟速往雷克雅未克开去，但突然，有朋友提了句："欸？那是极光吗？"

我一个激灵，下意识地踩下刹车，下车遥望，远方的天空真的有一抹幽然的绿色光条在悠悠飘移，缓缓晕染着周围的天空。这是极光，这绝对是极光！刚才还被温泉泡得混混沌沌的大家瞬间都兴奋了起来，于是立马上车，踩足油门朝着极光的方向追去。

绿色光条逐渐变成朦胧的光带，接着光带越来越清晰，有更多奇妙的颜色突然就加入了这奇妙的绿光之中。它们像有生命的造物一般，在漆黑的天幕上游动、扩散、交缠，宛如幻梦。是的，也只有梦，足以形容这绚烂的光影。

这是我第一次看到极光，在一个本该不会有极光的时节。

我们在冰岛一共待了四天，虽然看到了或许在别处四十天都看不到的风景，但如今想起来，其实还是有不少遗憾。我还想再去一次白天的钻石沙滩；想在天气晴朗时去蓝湖温泉，认认真真地看看身边这一泓温暖的蓝；想带上更多漂亮的衣服，在黑沙滩上拍出一张五彩斑斓的黑；想去寸草不生的蛮荒大地发会儿呆……

或许，我更想和这群快乐和热烈的人儿再次见面，大家就这样无拘无束地开着车，随心所欲地奔驰在所有我们想要去的地方，在暴雨和黑夜里唱歌，只是酒杯在手中传递，只是故事接着故事，只是行走在群星之下，在旷野里展开一段又一段的冒险。

那次旅行之后，几个好朋友都陆陆续续地结了婚，或者有了另一种全新的人生，整个世界也发生了许多荒诞的变化，不管是她们，还是我自己，感觉都很难再像当初那般无所顾忌地聚在一起，在山海里自由放歌。

但谁知道呢？我还是愿意相信，相逢的人会再相逢。

＊冰山落脚，我也落脚

归与去

　　　的交汇,

　生命原始的意义

肯尼亚

拾肆

为了回忆去肯尼亚的时光，我特意翻出了一张跟爸爸妈妈在那里的合影，画面中，我们三人在一片黄花菜田野中跳起来，对着镜头夸张大笑。这时，我惊讶地发现照片中的爸妈居然还那么年轻，头发依然浓密黑青，身姿挺拔——去肯尼亚居然是十年前的事了，然而那里充满野性与残酷的自然草原风光却依然清晰如昨。

* 好不容易才翻出来，跟爸爸妈妈的合影

肯尼亚位于非洲东部，拥有举世闻名的非洲屋脊——乞力马扎罗山，还有东非大裂谷，此外，那里的自然保护区生活着许多国家级野生动物，可以说是自然巡游胜地。正是在肯尼亚，我见到了此生最多的野生动物。

我们从广州直飞肯尼亚首都内罗毕，约十小时。飞机上有许多中国人，看上去像是要去肯尼亚务工的，还有很多黑人朋友，感觉他们也是趁着中国春节回家看看。抵达后，我们在当地请了一位会中文的翻译地陪。那是个很机灵的小伙子，后来他还联系我，想倒腾一些咖啡豆或者红茶来中国售卖——肯尼亚的阿拉比卡咖啡豆和红茶茶叶在全世界备受欢迎。

离开内罗毕，我们搭乘汽车和飞机去往不同的草原。在非洲的大草原上，我们几乎整天都在车上，因为路况不好，搭乘的汽车多是顶部可以敞开的路虎，这样我们就能站起来，四周的风光一览无余。草原上的动物千千万万，有一些只在书中见过，在草原前行的惊喜就在于你永远不知道即将遇见什么动物。有时，我们的车会经过几十头大象，它们将小象们团团围住，免受捕食者的困扰；有时我们把车停下歇息，就有一只母狮带着三只小狮子到车旁的阴影下乘凉——非洲大草原很少有参天大树，阴凉对它们而言弥足珍贵。我甚至还见过几只狮子包抄一只羚羊，用利齿和尖爪将它撕碎，曾经在《动物世界》才能看到的场景，如今血淋淋地在我眼前呈现。

* 以前在《动物世界》，我才能看到这样的场景

第一次从大型野生动物身旁经过时，我还是特别害怕的，生怕它们不高兴，给我们一脚，或者扑上来撕咬。但看得多了，发现它们和人类之间达成了一种心照不宣的默契，彼此互不打扰，井水不犯河水。哪怕是来乘凉的狮子，过了一会儿就走了，视我们的庞然大车于无物，就跟旁边的草原、溪流和石头没有区别。我们亲临自然世界，中间隔着一层屏障，用一种局外人的视角去观察它，那实在是一种奇妙的感受。

我们路过了一群羚羊，领头的是一只雄壮的公羚羊，羊群似乎只听这只公羊指挥。地陪告诉我们，这只公羚羊打败了群族里的所有公羊，成为这群母羊的国王，可以任意支配它们。然而等到母羊诞下小公羊，它们便要跟这位国王角逐斗争，失败的一方将被流放。因此，那些落单的羚羊，大都是失败的流放者。动物世界的生存和死亡，就是如此直接，失败即流放，流放即死亡，每一头动物既是捕食者，同时也是猎物，生命的交替在世代的轮回中不断进行，见证了这草原的日夜。

我们一路在草原穿梭，偶尔还会在河流中搭乘小船，见到了鳄鱼、犀牛、河马、长颈鹿、野狼、斑马……从前在《狮子王》中看到的各种稀奇动物，在这片草原上都看到了它们的实体，以及它们自由和真实的生活画面。我甚至还见到了以往不了解的现象，比如，长颈鹿睡觉既不是卧着也不是趴着，而是站在原地一动不动。

＊它们自由和真实的生活画面

　　除了搭乘路虎和小船，我们还在肯尼亚乘坐了此生最小的飞机，它只能容纳八个人。空姐在飞机下检票，上了飞机就坐在副驾驶，还要协助机长开飞机。机场也十分简陋，一个草编棚子，也几乎没有跑道，飞机落地后上客下客，掉头就走，仿佛是一辆公交车。几乎从起飞开始，我就想吐，实在太颠簸了。后来很不好意思，我还是抱着垃圾袋吐了，狭小的飞机里所有乘客都能听见我呕吐的声音，这大概是我此生最尴尬的时候。不过从空中俯视草原,更能欣赏大地的辽阔壮大。一群飞奔的羚羊,还有波光粼粼的湖面上掠过的水鸟,无垠的地平线上只露出半个夕阳,将远方的草原镀上一层金边,金色的光芒之中,象群引领着小象无忧地踱步,象群的鸣叫时而响彻大地。这样的画面绚丽耀眼得让人睁不开眼睛,只能一次次赞叹这片土地的壮丽与生机,荡气回肠。

跟身临大草原相比,肯尼亚的半野生动物园就不那么让人惊叹了,无非是与温和的食草动物更近距离接触,比如给长颈鹿喂食。除此以外,我们还去游览了当地的原始部落,那是真正当地人的原始部落,他们居住在帐篷之中,依靠种植咖啡豆、茶叶与外人交易生活。不知道是谁开发了与野生部落近距离接触的业务,得以让都市人去窥得原住民的一鳞半爪,去感受人类最纯粹的呈现与多样。

尽管肯尼亚的自然风光与野生动物让我记忆深刻,但那里的饮食和居住却不会令游客感觉舒适,毕竟在那么原始的土地,工业与文明还未染指。我既住过大草原上的庄园,占地几百亩,甚至可以在庄园中骑马、骑骆驼,房间中还有巨大的火炉可供烧火;也住过奢华的帐篷酒店,帐篷就在草原上,还能看到不远的河流,以及在河流中嬉戏玩耍的犀牛。第一天游览回来,酒店的人告诉我,因为我们拉好了帘子但未上锁,猴子跑了进来,将我们的零食一扫而空,甚至还有猴子把我们带来的老干妈打开偷吃,把它辣坏了。帐篷酒店是一定需要有人巡逻的，保安会拿着电棍等武器，因为谁也不知道会不会有犀牛来骚扰游客。

然而无论是庄园还是帐篷，当地提供的饮食就是酒店自助餐，我和我妈还勉强能接受，我爸是一点都吃不了，只能就着白米饭拌老干妈吃。后来回到了内罗毕，从原始草原回到现代社会，我们找到了一家中餐馆，点了一份水煮牛肉，差一点都流下泪来——我们终于活了过来。

肯尼亚的基础设施与建筑比较落后，时常也会发生盗窃与诈骗案件。我曾在肯尼亚的工艺品商店和超市里刷过两次信用卡，那是我在非洲唯一用信用卡消费的记录。过了一段时间，我就收到了信用卡在非洲被盗刷二十万的信息，但幸运的是事后都追了回来。非洲雄厚壮丽的风光不可言说，但隐藏的危险也不可忽视。

纯粹的自然可以多种多样，热带雨林与非洲大草原就是两种极端。热带雨林是极端的绿色，充满危险的水域，人们在这里只能划船、捕鱼；而在非洲大草原，是一种地球裸露的纯真大地色，当地的人们只能依靠打猎生存。而无论是哪一种，自然都在这里毫无保留地呈现。在这里孕育的人类与动物，彼此依存，以生命的本能不断繁衍。

我曾看过梅丽尔·斯特里普主演的《走出非洲》，看到男女主角飞过浩瀚的非洲，看到地面雄壮的河流、飞奔的羊群与苍茫的群鸟，眼泪便忍不住落下。"我总是两手空空，因为我触摸过所有；我总是一再启程，因为哪里都陋于非洲。"非洲将它的原始彻底展露在人们眼前，让人爱慕虚荣的心洗尽铅华，从那时起，非洲就成为我魂牵梦绕的地方，想象着那些狮子、斑马和长颈鹿在炙热的空气中向我走来，想象着我终有一天也能拥有如同大草原般辽阔的生命。

* 草原上的生机勃勃和游玩方式是独一无二的存在

我在肯尼亚只停留了十天，那是我与地球拥抱的十天，是对生命之源探索的十天。终有一日，我想我还是会来到肯尼亚，去看一看动物迁徙的壮丽场景，看着它们朝着同一个方向狂奔，以生命该有的热烈与速度，去寻找下一个栖息之地。我离开了肯尼亚，走出了非洲，但也终会回到非洲，因为我总是一再启程。

无与伦比的

马拉喀什

与　　　奇异色彩

摩洛哥

拾伍

2019年,是我进入经纪人行业的第十四年,也是我创业的第五年。那段时间,心里有着巨大的冲突感,希望创造价值的心愿和每天在收拾烂摊子的实情总是让内心惶惶不安。那年10月在巴黎出差的时候,我决定和一位合作客户不再续约,然后没有任何犹豫地取消了后续的全部工作安排,一下子多出了好多天假期,脑海里只剩下了一句话:

去玩,要去玩,应该去玩!

选中了摩洛哥,再次去非洲。

摩洛哥是一个欧洲人很喜欢去度假的阿拉伯国家,它在非洲西北部,与阿尔及利亚接壤,南边就是撒哈拉沙漠,主要城市距离巴黎大概三小时的航程。想着独自出游多少有些无趣,便问了问同事们是否愿意同行。有位同事特别兴奋,表示同去同去,但人到机场,她才意识到,我们要去的是非洲摩洛哥而不是法国南部附近的摩纳哥。然后她大惊失色,说自己忘记办签证了。

我白了她一眼，说摩洛哥并不需要签证。她之前这么兴奋，不会以为我是要带她去蒙特卡洛打牌吧？

除去撒哈拉沙漠，摩洛哥最著名的两个旅游目的地，是旧日的皇城马拉喀什，与鼎鼎大名的卡萨布兰卡。所以游客的游玩路线，往往是先在这两座城市二选一，然后深入撒哈拉沙漠，骑骆驼、住帐篷，体验几天沙漠游牧民族的生活，最后再去另一座城市打卡。

我对于撒哈拉沙漠毫无兴趣，一来确实没有要体验遍世界所有地貌的心愿；二来我觉得自我的感受永远是第一位的，沙漠太晒太干燥，我实在是受不了。

可能多数人的首选目的地，是卡萨布兰卡。"全世界，有那么多城镇，城镇里有那么多酒馆，而她却走进我的。"毕竟，那部在好莱坞黄金年代诞生的《卡萨布兰卡》，以及后来的那首歌，给了这座城市经久不息的世界声誉。

但其实马拉喀什，才是摩洛哥旅行真正的精髓。当然那时的我并不知道，这是另一位同行友人告诉我的，她在欧洲从事时尚工作。对于摩洛哥，她有些朋友熟悉得就好像是本地的柏柏尔人，给了我很多餐厅和小店名单。

马拉喀什是摩洛哥旧时王朝的首都之一，据说摩洛哥这个名字也是从马拉喀什而来。我们叫了个本地"摩的",挤进一辆挎斗摩托,顶着几十摄氏度的高温,在风沙烟尘里,飙过了整座古城。

虽说马拉喀什就在撒哈拉沙漠的边缘,但因为靠近阿特拉斯山脉,所以气候环境多少温和了一些,城市里的植被远比想象中更为茂盛。这座古城有一个别名叫作"红色之城",古城里的建筑大多是用一种特别的赭红色泥土建成的。在北非的阳光下,色彩格外明亮,感觉整座城市始终笼着一层淡淡的红色光晕。

在二十世纪初,这里也曾是法国人的殖民地,所以城市里的建筑很有一种伊斯兰文化与法国文化的混搭感。

在马拉喀什,我第一次吃到了塔吉锅(Tagine)料理。塔吉锅是北非最典型的一种烹饪器具,以陶土制成,锅盖成锥形,就像路边常见的交通锥,用它制作的菜肴都以"塔吉锅"为名。

烹饪时,厨师会把食材在锅里层层码堆,

* 彩色的世界

198/ 去遇见

然后盖锅焖制，食材里的水分会随着高温蒸发，但圆锥形的锅盖刚好又能将之聚集，冷凝后的水会重新均匀落入锅内，食材中的水分便就这样反复循环，充分利用，所以它既是焖，又是煮，还是炖，几小时慢火咕嘟下来，食材和调料的味道几乎一星半点儿也不会散失掉。我们点了一份羊肉塔吉锅，丰富的香料完全沁入了肉里，锅盖一揭，只觉异香扑鼻，入口丰腴油润，好吃到整个人都要融化了。再加上餐厅很美，餐位就在游泳池旁边，中午晒着太阳，吃着地道的摩洛哥菜，很有异国风情。

餐厅老板说，塔吉锅的发明是为了应对北非的干旱，但我总疑心还有别的原因，比如地中海文化与阿拉伯文化中的烹饪器具，或者当地主要的食材也产生了影响，否则，为什么塔吉锅只出现在了北非。

我们还去了一家"肚皮舞餐厅"，吃的是什么倒是忘了，只记得当时很惊讶这里居然可以点酒，看来摩洛哥也是一个相对更世俗化的伊斯兰国家。餐厅里一直有各种各样的女舞者在表演肚皮舞，和某些地方更偏向于情欲暗示的那种"肚皮舞"不同，它在摩洛哥就是一种流行且日常的舞蹈。所以那天我们见到了各种各样的舞者，很多人都比较丰满，甚至有人目测起来比我还要大个两三号，而且各种年纪的舞者都有。

肚皮舞本身更强调的，是用身体的波动、摆动、颤动来表达情感，用到的多是腹部和臀部，所以有更多的曲线，反而多了更大的表现空间。我觉得她们跳得极美，我欣赏她们身体的灵活与柔韧，喜欢那种自信展示自己身体的状态，当时就发心回国之后一定要找时间学一学肚皮舞。

在美食和舞蹈之外，这里的传统服饰也让人特别欣赏。摩洛哥有一种名叫卡夫坦（kaftan）的大长袍，是女性的传统服饰。马拉喀什几乎到处都有卡夫坦专门店。这种袍子很长，会到脚踝处，看起来倒不复杂，感觉就像把一大块花布对折后两边缝起，然后开出了几个洞，极其宽松轻盈，穿起来就像浴袍一般舒适。

但"简单"只是表象，卡夫坦是传统正装，通常都是用高级面料制成。它用色很大胆，大量的红色、蓝色、绿色和金色的对比鲜艳又炽烈，而且都绣满了美丽的花纹。伊斯兰文化禁止偶像崇拜，所以伊斯兰艺术也更注重非具象的表达，发展出了一套极其独特的几何纹饰艺术。我买了好几套卡夫坦，上面无不用金银线绣等工艺绣满了复杂的装饰性花纹，线条繁复交织，在方寸之间造出细密的迷幻。

但这一切都只是马拉喀什之旅的插曲，来到马若雷勒花园（Majorelle Garden），华彩的篇章才算真的上演。

该怎么形容第一眼看见这座花园时的心动呢？

你此刻置身在一座沙漠边缘的古城里，举目四望，周遭的一切都是古老的赭红色。你穿行在迷宫般的古城街巷里，人流如织，熙熙攘攘，热闹的市集里似乎有一百种颜色，或新或旧，但都沾染着时间的印迹。墙上到处是复杂的花纹，或者是有同样复杂花纹的瓷砖拼嵌成的神秘图案。有时风起，纷纷扬扬起一片黄沙，在北非干燥的空气里，沙尘的触感和颜色都格外地容易感知。总之，马拉喀什就是这样一座城市，它是红色的，是黄色的，还是某种说不清道不明的，唯有古城才能沉淀出的混杂色彩。但这种颜色，你在马拉喀什能看见，在喀什，也能看见。

直到你走进了马若雷勒花园，走进高大的棕榈树、不计其数的仙人掌，还有更多说不上名来的繁盛绿植交织成的绿色天幕，沿着精妙设计的路径，目睹那一片既深邃又清新，独一无二的马若雷勒蓝（Majorelle blue）。

你突然意识到，仅此一种颜色，马拉喀什就无与伦比。

马若雷勒花园得名于法国画家雅克·马若雷勒（Jacques Majorelle），虽然很多人也叫它"马约尔花园"，但这其实是用英文拼读法语词时的错误音译。

在二十世纪三十年代，马若雷勒开始营造这片土地，这里也是他最重要的艺术作品。马若雷勒花园的色彩，像野兽派画家的用色一样大胆。

*红蓝配

马拉喀什传统的赭红色构成了"调色盘"的基础，配上无数繁茂生长的植物凝合成的绿，说真的，我从来没有在世界任何一处角落见到这么多种类的仙人掌，甚至都无法想象，原来仙人掌居然还能长出这么多的模样。绿色之外，是过于活泼的柠檬黄，它们分散在花园所有角落，衬得周边所有色彩都更鲜艳了几分，但这所有的鲜艳终归也只是陪衬，它们只为了彰显一种独一无二的——马若雷勒蓝。

这种比克莱因蓝更深邃、更饱和，而且还带着一点点紫色调的奇妙深蓝，据说是马若雷勒在马拉喀什受到启发，然后用极其昂贵的材料配制出来的，他为这个颜色申请了专利，所以这种色彩也以他命名。

但马若雷勒花园之所以如此知名，并不只因为它是一片奇妙的蓝色绿洲，或者后一个理由才是主要原因，这里还是时尚界的传奇伊夫·圣·罗兰（Yves Saint Laurent）和他的伴侣皮埃尔·贝尔热（Pierre Bergé）曾经的庇护所。

二十世纪五十年代，债台高筑的马若雷勒放弃了对于花园的经营，失去了修缮的花园逐渐破败，直到快三十年后，被伊夫·圣·罗兰与皮埃尔·贝尔热重新发现。圣·罗兰修复了花园里的一切，并且在往后余生里赋予了它更多，他把天才、爱，甚至自己都永远留在了这里。

2008 年，这位法国二十世纪伟大的设计师去世，按照遗嘱，他的骨灰被轻轻撒满马若雷勒花园。沿着花园小径一路往里，绿荫深处的棕榈树旁，竖着一块小小的指示牌。往里走几步，低矮的蓝色围栏环抱着一方简朴的赭红色基座，上面竖立着半截罗马柱造型纪念碑，基座前有一块简朴的白色铭牌。

除却姓名和生卒年月，铭牌上只有一个简单的拉丁文词组"In Memoriam"（缅怀）。

在马若雷勒花园旁边的伊夫·圣·罗兰大街上，还有一座伊夫·圣·罗兰纪念馆。这座仿佛就是自然而然地从马拉喀什的土地上长出来的建筑里，收藏陈列着几千件圣·罗兰的作品，以及不少他的个人私藏。这座博物馆以一种极其具象化的方式呈现了圣·罗兰本人与这个品牌的艺术史。

这里或许是比马若雷勒花园更值得细细观赏，甚至是阅读的地方。

我的确是偏爱圣·罗兰的。记得 1998 年法国世界杯决赛，为了庆祝伊夫·圣·罗兰时尚设计生涯四十周年，法国政府邀请了全世界的超模，在中场休息时举办了一场盛大的走秀，来自世界各地的模特在绿茵场中央走出了一个 YSL，那是我人生第一次对世界品牌有了认知，我觉得它好酷啊。

后来从事了与时尚有关的工作,但我最初的认识从来没有变过,我益发觉得圣·罗兰是个特别酷的品牌,因为它会特别强调女性的态度。要美丽,但也要强势、大气。

有句话说"穿圣·罗兰的女人在气场方面从没输过",所以很多艺人上台时都喜欢穿它们的衣服,又酷又性感。我始终认为它做的是真正有时尚感的女性设计,虽然潮流永远在高速变动,但总有一些本质的存在会超越瞬息的恒常。"时尚易逝,风格永恒;时尚是虚无的,风格不是。"(Les modes passent, le style est éternel, la mode est futile, le style pas.)

我觉得走进了这里,才真正明白,圣·罗兰到底为何成为圣·罗兰。

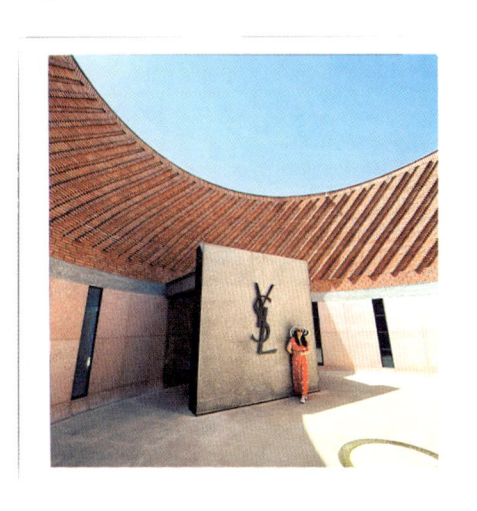

* 花园与博物馆连在一起

离开天才的灵感梦境后，在"当地人"朋友的引导下，我们深入了更多并不在马拉喀什主流旅行路线的街巷。

马拉喀什的街道上有非常多的猫，它们自由自在地游走在街巷上，从数量来说，显然大多数都是野猫，但每只猫咪都皮毛鲜亮，看起来被照顾得很好。听说，这是因为在伊斯兰教的文化里，爱干净的猫咪是一种被尊重的动物，但不知为何，感觉走在其他伊斯兰国家，就很难见到像摩洛哥这般"猫咪横行"的场面。

生活在沙漠附近的人们似乎对气温有一种独特的感知方式。我们去的时候，天气大概三十多摄氏度，即便戴了层层防晒降温的装备，走在路上还是感觉热得够呛。但我们居然遇到了一个穿着羽绒服的摩托骑手，实在没忍住问了小哥一句"你不热吗"，小哥一脸疑惑，三十摄氏度的气温，骑车风又大，不穿羽绒服还不得冷死？

朋友带着我们去了街巷深处不少别致的小店，随后几天，我们几乎就是从一个买手店，钻到另一个独立设计师店；从一种浓郁的香料，转向另一种浓艳的色彩。我乐此不疲，见到了好多从未发现的奇妙物件。

记得当时逛过一个家具店，门头极小，不起眼的老旧，藏在色彩斑斓的街道上，不是特意找可能都看不见。但一进门居然是个极其庞大的复式空间，竟有一种哈利·波特突然挤进对角巷的感觉，各式各样极具民族风格的大小家具悬空挂满，举目环顾，好家伙，我一个名字也叫不上来。

转了一圈，我看上了一把雕工华丽的绿色木质扶手椅，感觉格外好坐，就特别想把它买下来。我尝试跟店主沟通了一下，没想到他第一反应居然是——

"你买这个干什么？"

它的确是一把椅子，但又不完全是椅子。在当地的语言里，它叫作阿玛丽亚（Amariya），是专门在婚礼时使用的"宝座"。摩洛哥人特别看重婚礼，所以传统婚俗也是极尽复杂，有很多特别的仪式，阿玛丽亚的出场便是其中之一。

新人的家人们会尽可能地把这把椅子装饰得华丽无比，在婚礼的最重要时刻，新郎新娘都要穿着传统盛装，坐在上面，然后双方的家人会像抬神舆一般扛起椅子，在婚礼现场庄重巡游，向所有来宾介绍新人。

在那一刻，他们不是新人，是王座上的苏丹。

和老板合计了半天，终究还是无奈放弃了购买的打算。倒不是因为这把椅子专供新人，只是马拉喀什可能也没有什么中国人来买过家具,所以运输、报关……每一个环节都很麻烦。

我真的格外遗憾,因为这里的家具从设计、用料,甚至是颜色,我在国内真的都没有见到过。圣·罗兰说:"在马拉喀什之前,一切都是黑色的。它教会了我色彩。"(Before Marrakech, everything was black. The city taught me color.)我现在真的信了这句话。

本打算在马拉喀什继续探索和发现下去,但本着"卡总是得打一个"的理念,还是去了一趟卡萨布兰卡。

* 五彩斑斓的地方,让人觉得安静又舒适

跟风在"里克咖啡馆"喝了一杯咖啡,虽然我知道电影是在好莱坞的摄影棚里拍出来的,但这个复原得几乎毫无二致的场景也别有一番滋味。咖啡馆二楼的投影里一直在循环播放《卡萨布兰卡》的片段,似乎是多语种版本的循环,可惜我只停留了两三杯咖啡的时间,不知道是否会有中文版。

离开咖啡馆后,去了哈桑二世清真寺(Mosquée Hassan-II)参观,严格来说,这里才是卡萨布兰卡最著名的景点。这是世界上较大的几座清真寺之一,据说只是内部的礼拜空间就能容纳超过两万人。但它最特别之处,可能是颇有一部分空间直接建造在了大西洋的洋面上,在合适的角度眺望,纹饰繁复的白色殿堂仿佛漂在蓝海上。

作为某种意义上伊斯兰文化极致体现的空间,哈桑二世清真寺在设计本身,应该也呈现了伊斯兰装饰艺术的极致。从外墙到立柱,凡是空间许可的地方,都布满繁复的几何纹理或植物纹理,或者如极高大的宣礼塔那般,直接用色彩、高低不同的马赛克拼成浮雕般的图案。我无法想象这些极致对称又充满着无数层组合关系的图案到底是怎么画出来的,感觉需要的不是画家,而是几何学家。

我在卡萨布兰卡只匆匆待了一天,似乎也没有遇见更值得一提的故事,只记得离开时买了不少摩洛哥的仙人掌种子油。这种油可以用在脸上、身上,也可以拿来护发。它没有那种由坚果榨成的"阿甘油"知名，因为工序原料都很复杂，所以产量极低，也卖得很贵，一瓶就得两三千美元。但我还是尽量多买了一些，遇到国内买不到的好东西，能多下手还是多下手的好。

不知不觉，五年的时间一瞬而过，当初以为摩洛哥只是一场意外假期带来的美好任性，没想到后来我却"任性"了大半个世界。

但无论看过多少不同的风景，我始终觉得马拉喀什，值得去了又去。

因为这里有奇异的色彩。

色彩重要吗？色彩本身或许是不重要的，但知道这个世界上居然还有这么多的色彩，却真的很重要。

* 马拉喀什也教会了我色彩

愿意　即　新生,

　　日日

　　　　是好日

日本

拾陆

在所有国家里,我去日本的次数最多,如果恰好有三四天可以远游的空闲,又不知道该去哪里,我总喜欢选择日本。因为比起另外几个同样能说走就走的邻国,这个既疏远,又亲切的岛国,格外适合安闲度日。

这个国家显然是疏远的,"不给别人添麻烦"的刻意礼貌,"自己人"与"外人"之间的隐秘差别,会在人和人之间生出一层微妙的边界感,你只会是一个游离的旅人,不可能真正融入其中。

这也意味着你不会被打扰,大可自由自在。

但日本的确也是亲切的,不管是山川草木、花鸟风月的四时之美,还是街头屋台一份寻常的味噌叉烧拉面,日本有太多国人可以轻易理解与接受的细节,走在充满汉字的街头巷陌,很难会有异国的疏离感。

行走在这个国度的绝大多数时间,你都不需要费心费力去适应、学习什么,继续按照习惯的方式生活就挺好,很难不松弛。

今年跨年正好又有空当，没太多想就再去了日本。

落地东京没有过多停留，直接从新宿换乘富士急行线奔向了山梨县南部的河口湖町。河口湖町因河口湖而得名，它是一座富士山喷发形成的堰塞湖，与另外四座同样形成的湖泊合称"富士五湖"。河口湖的湖岸线最长，也最早开始了旅游开发，整个河口湖町充满着各种各样的旅游景点。不过，人们聚集在这里的原因倒不是湖水本身，只是这座位于富士山北麓的湖泊，在任何位置任何角度，都能看见富士山的景色。

作为传统观赏胜地，如一面巨大明镜的河口湖，能衬托出许多独一无二的富士山景。

比如，天气晴好，无云无雾也无风的时分，富士山就会倒映在静谧的湖水上，碧空澄澈，山水相映，山和影连成一块完美对称的钻石，这叫"逆富士"。

我们当天入住的酒店，恰好占了湖岸一处绝妙的观赏角度，透过客房的和式窗棂向外看，晚霞渐隐时，远山竟有一种浮世绘感。

但最动人的或许还是夜色更深时。河口湖的冬季天气通透，又没有太多光污染，所以山有月，月有星。星月夜下，近处湖水沉静，远处富士无声，明明周围是深夜的漆黑，但凝望一会儿，突然觉得天地一片纯白，仿佛有只手给世界摁下了静音键。

那天的月亮很圆。后来听朋友说，如果我再耐心等待一阵子，月亮就会慢慢爬上更高处，最后有那么一个短暂的时刻，凝固在富士山巅的雪顶，这叫"珍珠富士"，也是一种少见的奇景。

但我并不觉得可惜，就这么看看富士山，就这么松弛地看看所有的风景，不也挺好的。

第二天一早，我们便驱车去了静冈县的御殿场市。御殿场在富士山东南麓，从河口湖过去并不远，只有不到一小时的车程。御殿场也是一个在哪儿都能欣赏到富士山景色的地方，如果想要攀登富士山，它也是起点之一。

但我们并不是冲着富士山去的，甚至昨天住在河口湖，也并不是为了去看富士山。

之所以住在河口湖，是因为这里去御殿场更近，而之所以要去御殿场，是因为这里有比东京迪士尼、大阪环球影城更有意思的地方，御殿场 Premium Outlets。

御殿场 Premium Outlets 是全日本最大的奥特莱斯，也是我心目中全世界特别好的奥特莱斯之一。很多很多年前，2008 年，我人生里第一个自己花钱买的奢侈品，一个 gucci 的包，就是在这儿买的，花了我四五千块。除了"眼花缭乱"，我实在不知道还有哪个词能更贴切形容走进这里的感受，六万平方米的核心商户空间里，密布着近三百家店铺。上至顶奢下至快消，几乎能在这里看到每一种品类的每一种子类，而这些子类又有不同档次的品牌量级可供挑选，对一个喜欢购物的人来说，这里就是天堂。

考虑到现在日元的汇率低到可怕，几乎只需要两三折就能买到许多想要的东西，可能最近叫它"天堂 Plus"更合适。

相比其他类似规模的奥特莱斯，御殿场 Premium Outlets 多了几重风景地的加持，逛累了，出来在美食街吃顿饭，走上连接东西两区的宽阔连廊远望，青空之下，白云之间，富士山映入眼帘，一瞬间就让人感觉，好像还能猛逛六小时。

这里是"大人的乐园"。有一年公司在日本开年会，中间安排了一整天在御殿场的行程，当时很多同学都不理解为什么要把宝贵的一天耗在县城里（日本的"市"相当于国内的"县"），但那一天结束后，我听到最多的话是："老板，咱明天还来吗？"

虽说是去"跨年"，但其实除了去御殿场"爆买"了一番，在河口湖看了许多不重样的富士山风景，漫无目的地在两座小城里走走停停，也没有做什么特别的事儿。

12月31日，我们回到了东京，因为日本会按公历将1月视作正月，所以这一天是日本的"大年三十"（大晦日），晚上的街道上几乎没有多少店铺会开门。所以其实不推荐大家来日本跨年，除了住在酒店里，餐厅景点和商店都不开门。

我们一行人就去了涩谷，这里是东京最繁华的十字路口，跨年夜的晚上尤为人潮汹涌，以至于到处都是全神戒备的警察，还有引导路线的警示标志。好不容易穿过沸腾的人海，走到我们预订好位置的酒吧楼下，但因为人实在太多了，居然还要至少排一小时的队才能走上去，只能无奈放弃。

跨年总得做点什么吧？我们便索性挤进了涩谷的人海，跟着等待零点钟声的人群乱走，涩谷纵横交错的十字路口颇有宇宙中心的味道。从上面俯瞰人潮涌动，也只能叹息人的渺小和盲从，便觉得自己不过是茫茫人海中的普通一员，一下子觉得人生虚无起来。走着走着，各种念头突然一下子从心底里涌了出来——我到底在做什么？为什么我们要挤在人群里？在哪里听不到新年的钟声呢？跨年就是在人山人海里站着吗？我们今晚到底在干什么？……

然后，我忽然决定，离开这里，去一个安静的没有人的地方，我们几个朋友在一起倒数，也是跨年。于是我们火速上车，奔向表参道。这里虽然距离涩谷十字路不过两三公里，但白天喧闹的街道此刻安静得像是另一个次元。我们跑到711人手一瓶啤酒，又跑到爱马仕店门口，看着手机，在空荡的几乎无人的街道上，自行倒数，然后大声喊着"新年快乐"迎来了2024。

没有错过了什么重要时刻的遗憾，看着朋友们的笑脸，我反而觉得，新年也不过是时间的一个刻度，无论是自己一个人还是和喜欢的人在一起，只要随心所欲，就是自由的，喜悦的。

有一次跨年是在伦敦，原想着晚上不如待在热闹的皮卡迪利广场，还和朋友相约去伦敦郊外的山上放放烟火，但那天下午去了趟美术馆，出来淋了点儿雨，便索性跟朋友打了声招呼后回酒店睡觉了，一觉醒来，已是新年。还有一次，跨年特意跑到了墨西哥，但其实也没做什么特别的事情，只是几个朋友各自带了些食物饮料，大家聚在一起吃饭、唱歌，完后也就各自休息了，我甚至都记不得那天到底有没有守到了零点时分。

最近几年，我几乎都是这样"潦潦草草"地就迎来了新的一年，但我现在真的觉得这样就挺好的，可能因为到了这个岁数，我终于明白了"仪式感"到底是什么。

仪式感只是一种创造意义的方式，它是一种"符号"。从本质来说，人只能通过"符号"感知到"意义"，符号可以是语言、是图像、是某种特定的行动……但无论如何，它是被创造的，并不天然存在。

比如，当你走进一座建筑得极尽繁复庄严的教堂，在你内心所漾起的那种神圣的敬畏感，是源于某种看不见的存在吗？或许不过因为"复杂和精密"本身就在我们的心目中有"神秘与敬畏"的意义。

我们很容易被一些巨大的符号困住，比如"一定应该做某种事""某个岁数有特别的含义""没有某些体验就是巨大的遗憾"……但符号是被创造出来的，这也意味着它可以被随时消解，所有的意义，其实只取决于你自己。

跨年夜的前一天和后一天真的有真实意义上的不同吗？所有我们认为独一无二的事情，难道不只是因为我们相信它独一无二吗？根本不存在什么潦草不潦草，每一个跨年夜我都有做自己喜欢的计划，乘兴而来，兴尽而返，这就足够了。如果你愿意，时钟上表针的每一次行走，都是新年的钟声。

在日本，除却东京，我最常去的城市是京都。如果你还没有造访过这里，那我诚恳地建议最好别选择夏天，虽然平安京里有最纯粹的四季之美，但京都的夏天多雨，潮湿闷热，到了七八月份，古城宛如一个古朴典雅的蒸笼，热得极其全面。我有一次去京都就不巧选在了盛夏最盛时，刚出车站，走了没几分钟，就被不知何处卷起的一股几乎已经具象化的热浪拍了回去，我忙不迭换车回到了大阪。

虽然来过许多次京都，但我似乎对这座城市里沉淀了千年的各种景点兴趣不大，金阁寺、清水寺、伏见稻荷，也就是浏览过一次。最震撼的肯定是琉璃光院，每年只开放春秋两季。我个人觉得琉璃光院是日本美学的极致体现，自然与建筑的融合，带着禅意的细节，能让人安静地抄经安排。不过在这个环

节，我只写了八个字"有钱有爱，自由自在"，这大概就是我对自己人生的最大祝福了。有钱，可以让我有资本走遍世界；有爱，可以让本就孤独的人生不那么寂寞；自由，是一种拒绝和接受的权利；自在，是内心里的宽广和惬意。不管是努力工作，还是四处旅行，其实都是这八个字的践行。

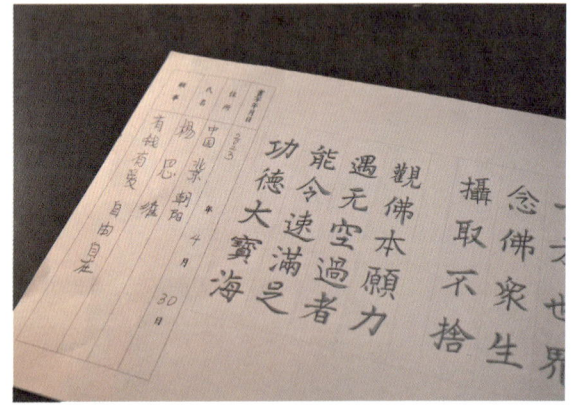

* 在琉璃光院，一笔笔抄写经文，心也静了下来

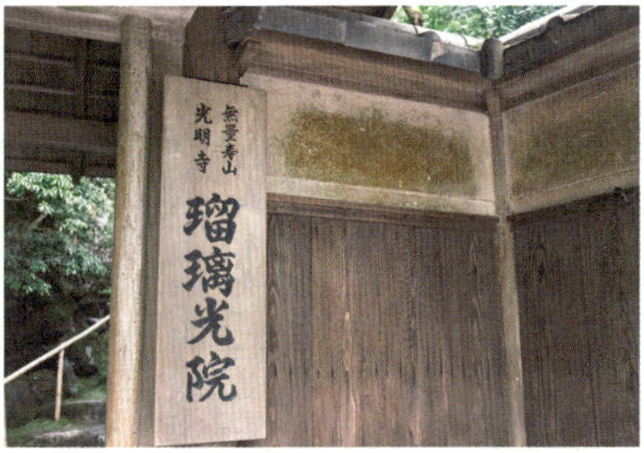
無量寿山
光明寺
瑠璃光院

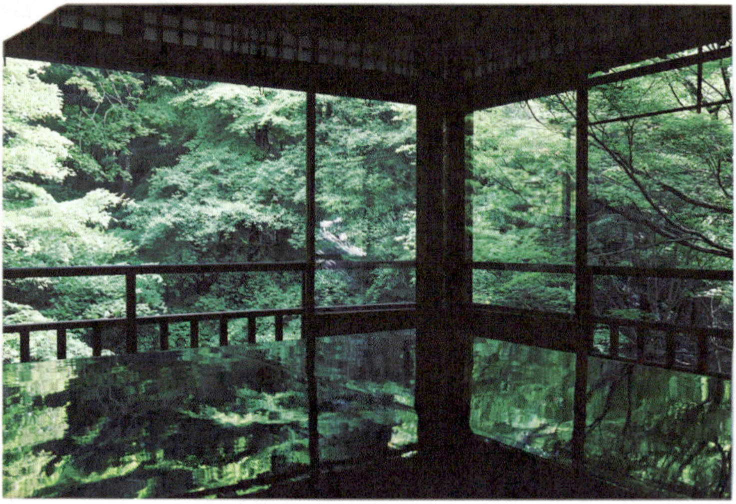

*乘兴而来，兴尽而返

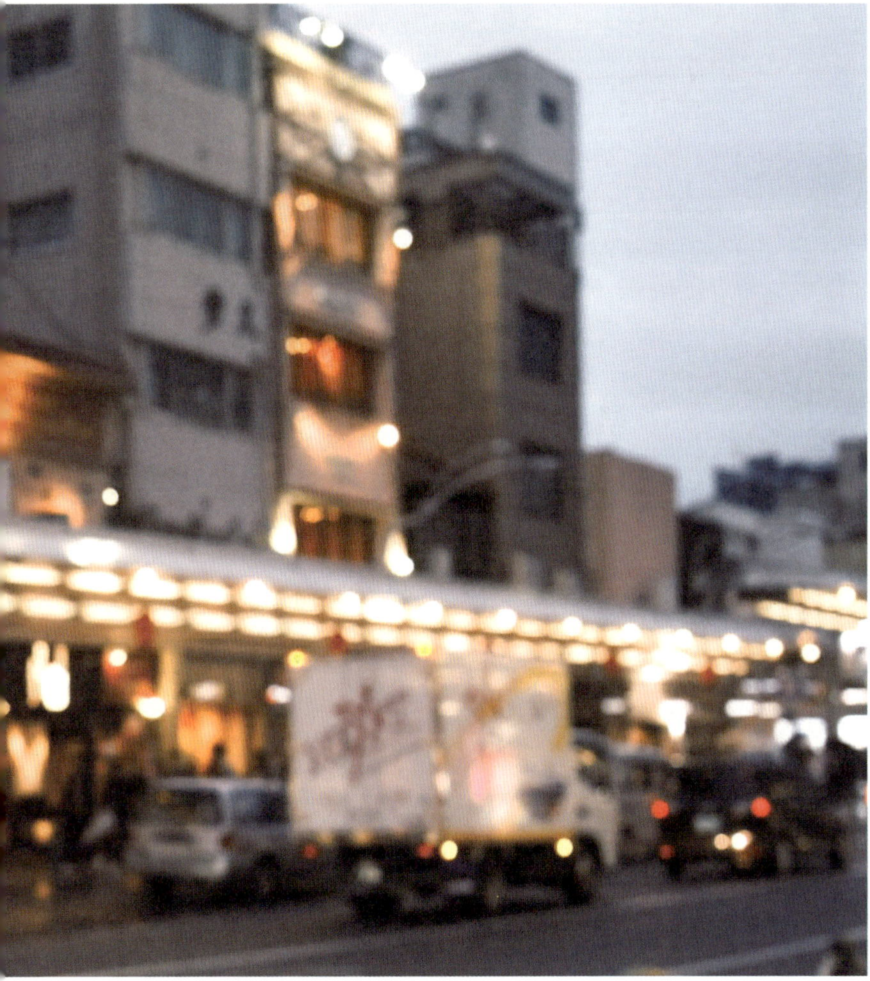

京都是一个非常适合行走的城市，绕着花间小路，祇园，还有四条通的各种店铺，吃吃逛逛。而我在日本最爱买的就是各种器皿，在京都能代表日本陶瓷艺术的京都陶瓷器会馆就很好逛，各种酒杯、茶壶、碗盏，精致可爱。我还喜欢逛一些二手古瓷店铺，还有家有大师藏品的知名店铺，大师的作品虽然买不起，但看看也是很好的欣赏。然后去几家熟悉的小店吃饭，走路，在街头巷尾随机波动，一直走到太阳下山，街巷漆黑，再去拉面馆吃一顿夜宵，感觉就是极完美的一天。

* 停车场里的咖啡店很惊艳

如果要仔细计算一下，我在京都的夜晚多数时间都献给了鸭川。它是一条河，自北向南流过京都的心脏，把这座古城柔软地一分为二。

鸭川本身毫不特别，单纯质朴得如同你会在林间山野遇到的那种最普通的小河。它的河床不深，站在岸边就能透过静静的流水清晰地看见河底。古朴的青石砌成低矮的河坝，绿草覆盖在上面，再往上便是普普通通的道路，个别水浅处，在河道里还放置着称作"飞石"的踏步石，供人或走或跳，随意往来。除却个别指示牌，这条清浅的小河沿岸几乎再没有多少更现代的痕迹。岸边两侧种满了樱树，所以春有樱花，秋有红叶。

走在路上，有时风起，粉雪般的花瓣落下，给清澈的河水染出一抹淡淡的红，或者会有红叶悄悄拍拍你的肩头，再坚硬的人，也会在这个瞬间融化。

但鸭川又确是极特别的，它是京都人毫无疑义的母亲河，流经之处，全是京都最盛的繁华，可它却完全没有被繁华与喧闹沾染一点。

沿着鸭川漫步，穿着西装的上班族，刚放学的学生，约会的情侣……形形色色的人随意坐卧在河堤周边（但神奇地都保持着一种微妙的间隔距离），野餐、喝酒、聊天、发呆。虽然并不远处就是另一个热闹或者典雅的世界，岸边就是京都最贵的酒店，还有各式餐厅，也因为能看到江景而一座难求。不过你可以只沿着河行走，可以去三角洲的踏步石上跳跃，去河水里摸鱼，在长椅上一坐就是一整天……这里没有什么人维持秩序，它只是一段你可以随意享用的，极其日常的自然。

当然，之所以把大多数的时间都给了鸭川，除了这一大长段京都最松弛的日常风景总能安慰人心之外，还因为在这条漫步路线上，有太多有趣且好吃的小店。烤肉、寿司、寿喜烧、烧鸟，甚至是各种会席，几乎所有的日料品种都有，熙熙攘攘。尤其在紧邻鸭川的先斗町里，虽然叫"町"，但这里其实只是一条窄窄的小街，石板路两端挤满了居酒屋和料亭，这条路非常有唐风遗迹，一到夜里极其喧嚣。

我很喜欢的一家名叫"河童寿司"（かっぱ寿司）的寿司专门店，就在这条路上，好多年前有一次路过进去有位子，一个人吃了好多贯寿司，惊为天人。河童寿司据说也是当地人挺喜欢的一家老店，门头不太起眼，只是在二楼挂着一块简素的木质招牌，但内里的装饰倒很有高级店的风韵。不过现如今是一定要提前两三天订位了，临时走过是完全不可能让进的。我后来每次去京都都会订看江的位子，尤其爱这里的金枪鱼大腹，价格可能是国内的四分之一，食材口感却是上乘。

虽说对于日本文化本身，我并没有那么强烈的兴趣，但是对于日本料理，无论是和食，洋食，还是日式的中华料理，我一直兴趣满满。大概确实觉得日本实在太闲适了，走在街头，似乎也没有更多特别重要的事情要做，那剩下的就只有逛吃逛吃再逛吃。

说到逛吃，我有一个小小窍门。日本的O2O（Online To Offline，即"线上到线下"）服务并没有国内发达，在国内几乎所有的餐厅点评、预约都可以用一两个APP就在手机上解决，但日本不少老店可能还需要电话，甚至是现场预约。所以我在淘宝上找到了一个专门的订餐代理人（从某种意义来说，可能也算黄牛？），他就住在日本，也和许多餐厅有合作关系，有些我们自己根本订不到的餐厅，找他略微加点手续费就解决了。在日本旅行的时候，我经常会刻意关注下他的朋友圈，因为说不定什么时候就能解锁一些隐藏福利，比如原本预订排期超过一年的寿司之神今天突然空出了个位置。

从关东到关西，从北海道的"成吉思汗"羊肉到鹿儿岛的黑猪肉，什么炉端烧、天妇罗、烧鸟、烧肉、鳗鱼饭、寿喜烧、相扑火锅、各式各样的拉面，从春天的花见团子到年末的御节料理……感觉日本几乎已经被我们吃了一个遍。不得不说，任何一种美食只有在发源地才正宗，并不是一句虚言，我去过的很多店其实在国内都有分店，像是东京池袋的无敌家拉面、一兰拉面……但口味确实和国内的分店很不一样。

回想一下，在日本吃饭几乎没有踩过什么雷，除了某一次在京都一家极著名的料亭吃到的怀石料理。所谓"怀石"，就是字面意思，在怀里揣着一块石头。据说日本古时的禅僧，会在怀里揣上一块温热的石头以抵抗修行时的寒冷与饥饿，后来人们便把茶道仪式前会提供给客人略为果腹的食物，称作"怀石料理"。再后来，它逐渐发展成了一种独立的料理类型。

怀石料理算得上是仪式感的一种极致了，从入席开始算起，一顿怀石料理大约会吃上三个多小时。每一道菜从器皿到食材无不上按天时，下有隐喻，举杯有禅风，动筷是和韵，优雅极了，也精致极了。

除了不好吃和吃不饱，真的没有任何的问题。我觉得，如果要深度感悟和理解某种文化，可能吃饱了能感悟得更深些，饿着肚子很难思考，这不是偏见，这是人体运转的基本原理。

除却日本料理，日本的酒店我也觉得很有意思。在日本经常能够遇见那种会和日本文化融合在一起的酒店，不管是在古都深处，还是雪山温泉，它们就像原本就应该在那里一般，精巧地融在山水之间。

记得有一次，我带妈妈去了京都的虹夕诺雅酒店。我住过太多太过高级的酒店了，但我也很少遇到像虹夕诺雅这般，从入店开始，就能用一种沉浸体验，将绝妙的文化体验映入心头——

我们从熙攘的渡月桥出发，登上了一艘精致木船，穿着传统服饰的船夫站在船头，充满韵律地摇船前行。酒店在岚山深处，我们沿着大堰川不断前行，岚山本就是京都欣赏自然之美的胜地，岚峡两侧风物茂盛，即便是在冬日，也有绝佳的风情。碧波悠悠，小船划过水面，周遭越来越安静，只剩自然的声音，天地仿佛一幅绘卷，坐在船上，你甚至会感觉都不好意思说话，因为但凡有些其他的声音，似乎就会破坏整个世界的和谐。

船到码头之后，还需要在店员的引导下，沿着苔藓丛生的青石阶梯往山上略走一段路，直到一座古老却优雅的日式庭院出现在你的眼前。庭院并没有特别明亮，只在一些必要的地方点亮了灯光，在园林的阴影里，有人和着庭院潺潺的流水声，悠悠地演奏着某种像是钟磬的乐器。

还有伊豆的 ASABA 旅馆，是日本一泊两宿的发源地，位于修缮寺附近。酒店本身就是风景，依山而建，与世隔绝，还能享受露天温泉。喜欢日式酒店的朋友不能错过这家。

我觉得，很多时候，我们在试图传达或者表现某种文化与价值的时候，都有些太过于"张牙舞爪"了，总是很急切地恨不得把所有的品质、所有的概念都一股脑儿地掏出来拍在别人脸上。但不管是做酒店，还是做其他任何传播，坚持做自己，不炫耀，不卖弄，有时候才能百年传承。

短期里的"张牙舞爪"是有用的,但在更长的时间里,人们会记住什么呢?我会忘掉很多名词、很多品牌、很多金光闪闪的东西,但我永远忘不掉在大堰川上安静的一刻钟。

* 虽贵,但值

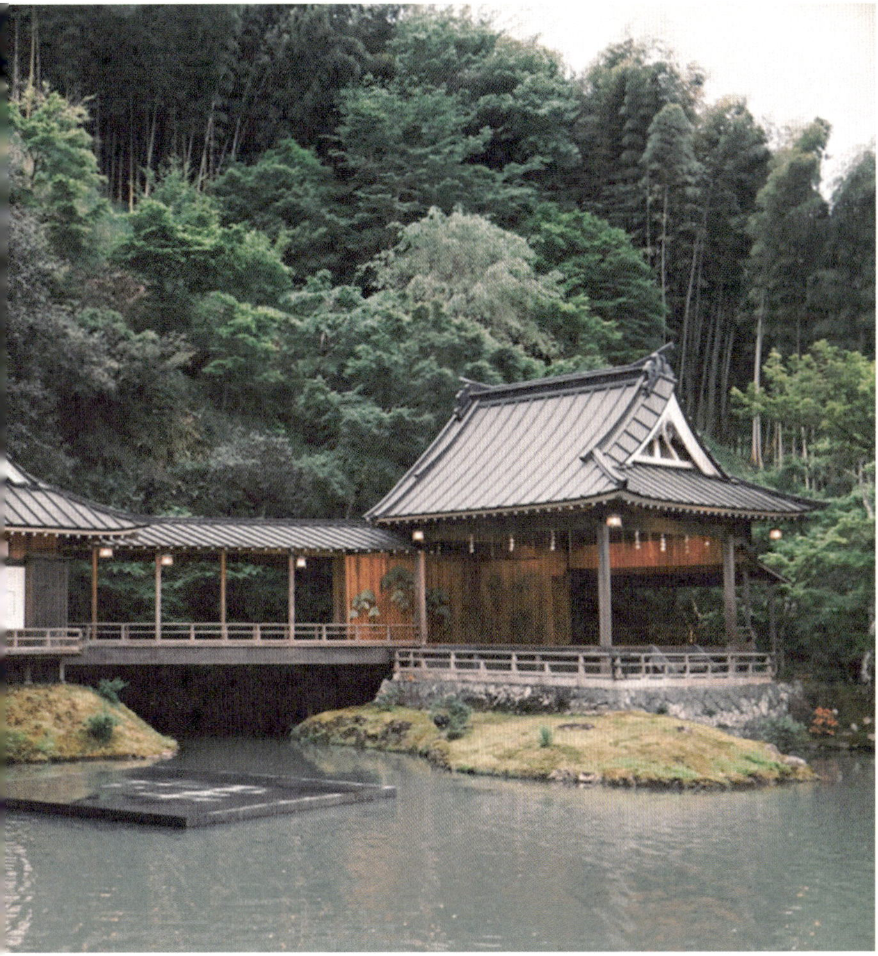

好奇心不止,

在赤道之国

寻找　　神奇动物

厄瓜多尔

拾柒

今年，本来一直在研究跨春节带父母出行的计划，突然刷到了好朋友水哥王昱珩公众号里的一篇春节出游的推送，召集大家去南美洲厄瓜多尔的热带雨林穿越。虽然我去过巴西，但这趟行程是坐着小游轮在雨林里住三天，这个体验应该是其他地方没有的独一份，又考虑到父母之后年纪再大腿脚不利落，去那么远也很困难，就决定去一去要飞行四十多小时才能到达的雨林深处。和我同行的还有我的好朋友章子晗，以及我的一位男性好朋友兆楠，他平时在美国工作，这次也带着父母一起。

* 去厄瓜多尔，说走就走的热带雨林穿越

等到全员名单确定后，我发现参团的诸位似乎无意识地达成了一种共识，除了少数几位独行侠，整个旅行团竟然都是家庭出行。其中还有不少老熟人，除了水哥，还有凯叔一家。

我极少参加旅行团，即便组团出游，也往往是我自己带队的熟人局，因为一旦加入主要由陌生人组成的旅行团，就会免不了精神内耗。比如，我极度反感不守时，但毕竟人生来自由，我也非常理解有人就是觉得时间是比流水还灵活的存在，可团里如果有几位这样的人，恐怕我就得把好一些时间消耗在观念和习惯的协调上，这着实是一种无意义的消耗。所幸我们这一行，去的人都很靠谱，还交到几个有趣的新朋友。

于是，四十多小时、两次转机，老老少少三十多个陌生人，相遇在了赤道之国的首都基多。

旅程的第一站，是攀登科多帕希雪山（Cotopaxi），这是距离赤道最近的一座雪山，也是世界上较高的活火山之一，可能还是较活跃的火山之一，毕竟一年前它刚刚喷发过一回，据说喷射而出的火山灰云，高度超过了两千米。

见到雪山的第一眼，就觉得它长得很像日本的富士山，因为它几乎拥有同样完美对称的锥形造型，同行者说这是因为它与富士山一样，都属于层状火山。但长得像归长得像，攀登难度却根本不是一个量级。科多帕希雪山的海拔远较富士山为高，但是可以开车上去。不过海拔超过四千米的时候，很多人还是有了高原反应。雪山下和雪山上的风景不一样，下方远眺，壮丽。身在山中，崎岖。雪山晚上是不允许上去的，因为随时有火山爆发的可能，这是一座活火山。

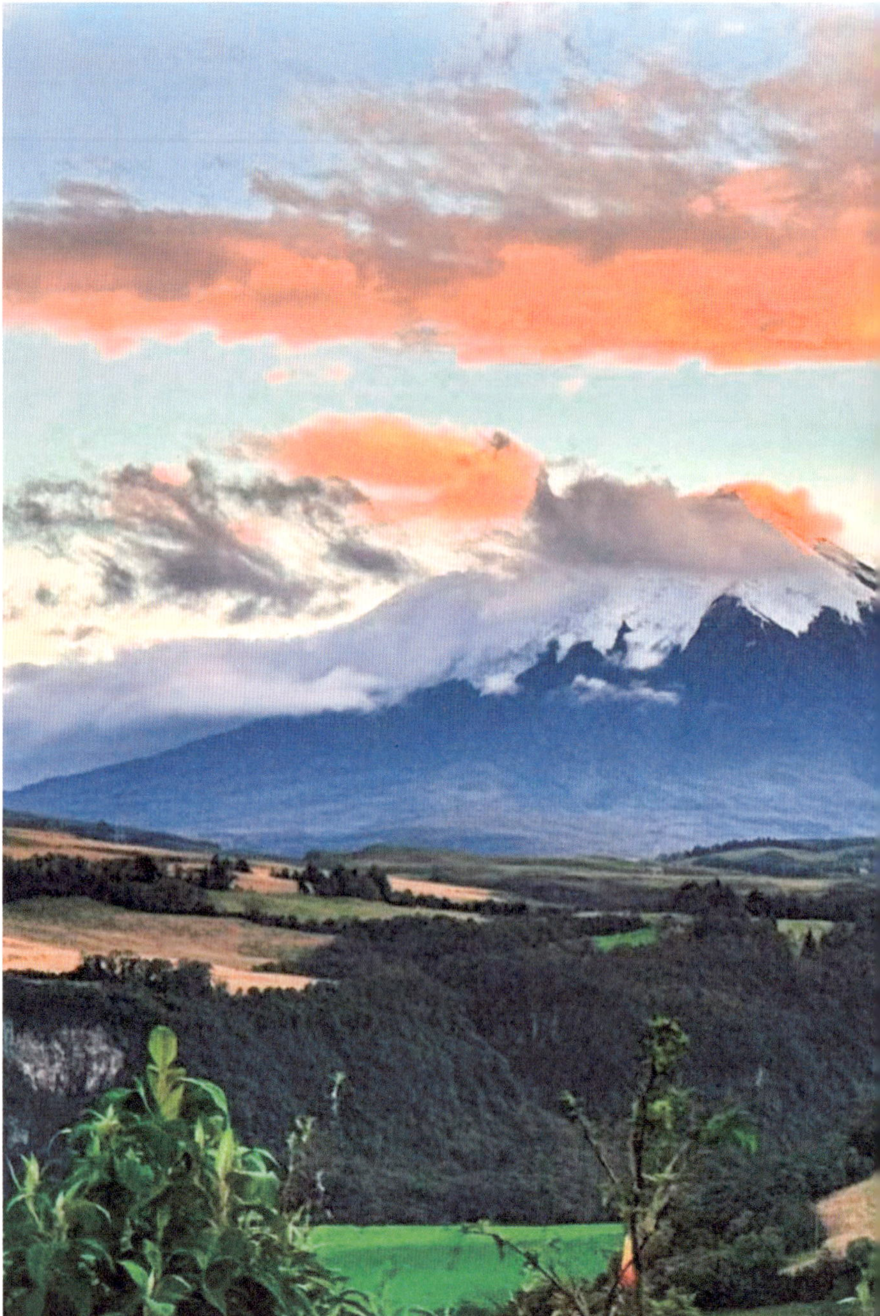

*赤道边的雪山

雪天然地给雪山建构了一种普通人永远无法触及的屏障，你无法想象厚雪深处究竟是怎样的世界，于是它在某种意义上也就变成了一种超经验的景色。仰望峰顶那些不知道是多少个世纪积成的大雪，就像是凝视大海，只觉无法理解，不可思议，越是想象就越是敬畏，而越是敬畏，就越觉得恐惧。

我觉得，雪山是无法被形容的，我只能说"山就在那里"。

回去的路上，我们遇到了两只羊驼。它们悠闲地在小路上散步，正好挡住了我们的车，于是我们就停下来等它们路过。羊驼那浓密而柔软的咖啡色毛发，在阳光下泛着淡淡的光泽，温和得像是一卷古老的羊皮纸。我冲过去和它们合了张影，它们似乎完全不介意周遭的世界里突然多了一堆闯入者，没有躲闪镜头，沉稳如远处的雪山本身。心底里全部的敬畏，似乎突然就化开了。

* 羊驼悠闲地在小路上散步，和拍照的我互不打扰

240/ 去遇见

*连绵的绿色山脉，其实是活火山

下山之后，我们住进了雪山的观景庄园，还不是很熟的大家四散活动，刚从高反中缓过劲儿的我，去独自跳了一支舞。这里实在是太美了，远望四方，连绵的绿色山脉如画，安静而辽阔，一瞬间甚至让人恍惚觉得是来到了瑞士。不过瑞士的山脉间总是点缀着漂亮的小木屋，但这里，是色彩饱和度过高的蓝天衬托的，一脉没有任何文明印记的纯粹颜色。

不过我没能跳多久，大家也没有四散活动许久，因为一股来自东方的神秘力量突然就把所有人重新聚集在了一起——我爸爸掏出了好几副扑克牌，于是直到晚饭之前，大家几乎都在专心掼蛋。

因为知道我们都是中国人，庄园专门准备了很多看起来比较中国风的食物。比如一种南美饺子，还有类似汤圆的某种食物，但我只能说，好意心领了，以口味而论，它们可能距离左宗棠鸡都还有一道安第斯山脉的距离。好在另一种来自东方的神秘力量多多少少地解决了这个问题，还是我爸爸，他居然掏出了四瓶榨菜。

那天正好是大年三十，庄园特意安排了焰火，雪山星夜，花火盛开，刚才在饭桌上还多少有些拘谨的大家，终于也随着一束又一束的烟火，炸碎了所有的陌生感。

厄瓜多尔真正带给我的第一次文化冲击，其实是豚鼠带来的，就是那个胖乎乎、毛茸茸、胆胆怯怯又可可爱爱的，又叫荷兰猪或者天竺鼠的小动物。

厄瓜多尔人非常喜欢豚鼠，尤其是烤过的。它的历史甚至可以追溯至印加帝国以前几百年，在西班牙人踏上这片土地前，豚鼠几乎是厄瓜多尔人最重要的蛋白质来源，所以它是厄瓜多尔旅行的打卡必选项，至少我们的导游是这样认为的。

我们被专门引到了基多一处出售烤豚鼠的路边摊。烤好的豚鼠被一只只地串在木棍上，它们看起来就像是小号的烤乳猪，脆皮红透，油光满溢。但仿佛是要提醒游客别忘了豚鼠到底长什么样似的，摊前居然还贴着一张硕大的海报，画面里的豚鼠简直比现实中还要萌动可爱，对照着串上已经熟透的那一只，整个场景仿佛是一个地狱笑话。

这道名菜并不便宜，合几十美元一串，团里有俩哥们儿买了几串请大家吃，我非常坚决地拒绝了尝试，可爱的东西用心感受就好了，用胃大可不必。

走马观花地逛完了基多城，一行人坐了很久的车，去亚纳科查（Yanacocha）的云雾森林寻访蜂鸟。水哥说，因为安第斯山脉特有的海拔与气候，这里极其适合蜂鸟生活，全世界三百多种蜂鸟，有一半以上都可以在厄瓜多尔看到。一时间我竟不知道到底该感叹厄瓜多尔的自然生态之丰富，还是世界上居然有这么多种蜂鸟。

原本以为云雾森林可能是某种有浪漫色彩的比喻，但真正走进森林里，才发现这简直是现实主义的精确刻画。低垂的云层和湿润的雾气覆盖了整座森林，茂密的树冠似乎截来了空气中全部的水汽，并且将它们顺着枝干与根系延续到四面八方，以至于穿着严实的防水外套，还是能清晰地感受到浓浓的潮湿感，最严重的回南天比起这里来，恐怕都略显干燥了些。

* 在亚纳科查（Yanacocha）的云雾森林，遇见神奇动物

亚马孙的神灵觉得森林里的云雾还不足够让这群异国旅行者长长见识，走了没多久，竟下起了大雨，于是云更深重，雾更迷蒙，云山缭绕又多了几重。万幸我们都带着雨衣，就这样顶着大雨，走到了观鸟点。

蜂鸟们应该早就习惯了这突如其来的大雨，依旧灵动地在我们眼前翻飞。我不是专业观鸟爱好者，区分不出这些秀美的生灵到底有什么差别，但我很喜欢欣赏它们在空中突然悬停。

那真的是一种极其动人的精致，想想看，偌大的森林里，雨雾迷蒙，四面八方都飞着鸟儿，雨声、风声、人声、鸟声、快门声……你周遭的整个世界都充满着鲜活的动态，你站在观鸟平台上，但整个人好像已经在不经意间被这种流动着的自然带着一同飞行，但突然，可爱的蜂鸟在空中急停，你也好像突然被什么拉了一把，凝固在了整个空间里。

看蜂鸟的路上，我们还遇到了一种似乎是叫作"大叶蚁塔"的植物。它的叶片硕大无比，茎秆又极其粗壮，仿佛是绿色的遮阳伞，不知道是不是雨水的折射放大了视觉中的尺寸，感觉有些叶片的直径看起来简直要超过我的身高。大叶蚁塔是云雾森林里特有的一种植物，整个山谷似乎都被这种巨型植物覆盖，就像谁家里的植物墙，但远无尽头。

* 大叶蚁塔

水哥告诉我们说，这里的植物和一种切叶蚁有着奇妙的共生关系，切叶蚁会把植物的叶片切割下来搬回蚁穴，用来培育某种蚁群所需的真菌，而这种真菌又会对整个森林的生态系统带来积极的影响。

切叶蚁们会成日不休地切割叶片，像是不知疲倦的搬运队一般顶着树叶往返巢穴。它们的活动极为显眼，如果天气好的话，往往能看到一条条清晰的搬运流水线，可惜雨越来越大，我们也只能放弃进一步观察的打算。

午餐安排在了云雾森林里的餐厅，自然是完全的厄瓜多尔风味，主菜是某种鱼，还有一些属实难以识别，更难以评价的食材。旅行团里的年轻人们倒是还吃得惯，但是年长者们有些面露难色。

但我没想到，我亲爱的老父亲竟然再一次出来救场了。他去餐厅的厨房转了一圈，发现这里居然有米饭和鸡蛋，然后我们竟然说服了大厨，让他自己抡起炒锅，给大家炒了满满两大盘蛋炒饭，配上随身携带的榨菜，真的是锅气四溢，满座叹服。

不得不说，这个场景真的是独属于中国人的浪漫。

在基多周边探索了几天后，总算要真正地深入亚马孙雨林深处了。我们搭了次此生坐过的飞行时长最短的航班，花了二十五分钟，抵达了一座位于亚马孙主要支流畔的小城科卡。

科卡看起来和国内边境地区的五六线小县城差不多，但它却是进入厄瓜多尔所属亚马孙流域最重要的起点。我们需要在这里换乘快艇，在亚马孙河上花上两个多小时，前往此行最重要的一站——森蚺号·亚马孙探索号。

它是一艘航行在亚马孙河的内河渡轮，船上的所有房间都是以亚马孙河上特有的动物来命名的，包括船名，亚马孙森蚺是世界上最大最重的蛇。渡轮一共三层，和国内的渡轮比起来，整体并不算大，就某种意义而言，的确也就是"巨蛇"的尺寸。但就是这样一艘看起来似乎没有那么惊艳的游轮，其实已经是整条亚马孙河中最豪华的一艘了，似乎也是唯一有空调的一艘。所以它极其难订。我们一行人占了船上几乎所有的房间，仅剩的两间房里还挤着四位外国游客，听说是整整预订了一年多，才堪堪抢到了两个位置。

接下来的几天，这条三层的"亚马孙巨蛇"将是我们唯一的据点，它将持续驶向亚马孙河深处，而我们需要做的，就是坐着快艇或皮划艇，在它与世界深处的各种未知间往来。

在亚马孙河上看到的第一种奇景，是成百上千只亚马孙鹦鹉，以及其他许多雨林鸟类聚集在泥沼中啄食泥土。随团的导游说，这些鸟儿每天都要飞行一百多公里到这里来吃土，这是

因为亚马孙雨林中许多果实和种子里都含有毒素,但这些泥沼黏土中的矿物质,刚好可以帮它们中和毒素。而这些鹦鹉的平均寿命是八十岁,最长的可以到一百二十岁,也不知道是不是因为它们每天长途拉练,身体倍儿好。这些鹦鹉如果同时发出叫声,真的非常吵,导游说它们也是在边吃土边闲话八卦。

没有人知道它们到底是从何时开始啄食黏土的,也没有人知道这些不同

*与原始的美偶遇

种类的鸟儿，到底是如何不约而同地发现只有这一块区域的黏土能够解毒，更没有人知道这些知识到底是怎样一代又一代地在这些生灵的思维中传递下去的。自然是混沌的吗？自然或许有一种人类的神智根本无法洞悉的精妙设计。在寻常的山野森林间，很难直观地感受到这一点，但当你坐在小艇上，看着天空千百只美丽的鹦鹉不约而同地落在那片暗红的土地上，再强大的理性也很难控制住心底里涌上的那个词——"神奇"。

* 好多颜色的鸟啊

亚马孙河上充满着让人想象不到的神奇，甚至那些你已经司空见惯的动物，都会在这里呈现出完全不一样的模样，比如亚马孙河豚，它们长得和一般海豚差不多，但皮肤竟是粉红色的。

在河上的几天，我感觉我见到了比之前几次南美旅行总和还要多的奇妙生物，不过这很大程度上，归功于我们的导游，一名极其了解亚马孙河上动物的中国女孩小唐。小唐原本是厄瓜多尔领事馆的工作人员，因为非常喜欢动物，便长期定居在了这里。她似乎能认得出眼前看到的所有生灵，任何一种动物都能讲得头头是道。

说来也巧，我和小唐也多少有段算得上奇妙的缘分。聊天里得知小唐居然买过我的品牌 plusmall 的衣服，作为品牌主理人，居然在世界的另一头遇到了亲爱的客人，我心底是暗喜。但小唐没有给我多少聊衣服的机会，她太热爱这些动物了，从早到晚都在拉着我们拍照、讲解和观察，我有时候没有去参加她组织的观察活动，她甚至会很难过。但难过的原因，居然是觉得我错过了好多可爱、神奇的存在，特别可惜。

从毕业到现在，我在职场里打拼了太久了，自己如今也是一名职场导师，可以说，我见过了太多太多的"打工人"。但我真的极少见到有人会像小唐这样热爱自己的工作，她甚至都不愿意带我们消费，只希望我们所有的时间都用来仔细地阅读亚马孙河上的所有奇妙。

能将自己极度的热爱变成工作，甚至生活本身，这样的人是幸福的，小唐的眼睛里泛着清澈的光，我居然有些羡慕她。

除却自然观察，在河上的几天，我们还去拜访了一处原住民部落。实不相瞒，这是后半场的旅行中我格外期待的一段行程，倒不是我对于人类文化生态有多大的兴趣，主要因为，这里终于能够购物了！

这个部落是一个女性氏族部落，推行着一种类似公社所有制的生活方式，部落所得采取共同分配。她们会出售许多极其有亚马孙风情的手工艺品与首饰。看得出来，团里憋太久没购物的人不止我一个，一进部落，我们几乎像是扫店一般在那里疯狂下单，看她们的表情，感觉我们可能是她们迄今为止遇到过的最爱购物的旅行团吧？或许是作为对大客户的感谢，部落里的人们热情地和我们分享起了她们的生活，还请我们喝了一种特别的茶，然后又热情满满地端出来一份只有招待贵客时才会奉上的美食——肥美的虫子，还是活的。

部落里的人介绍说，这种虫子非常洁净，它们只吃棕榈树芯，所以身体里不会有任何脏东西，特别有营养。我脑海里突然冒出了《狮子王》里，彭彭和丁满初遇辛巴，请它吃饭的那段画面，可能这就是雨林的待客之道吧。

但无论如何，我是一口也不敢吃的，好在比起豚鼠局来，这次真的是"吾道不孤",团里的男士们也没有一个人敢于品尝。但毕竟是对方待客的礼数,要是我们全员摇头,岂不是伤了部落朋友的好意,场面竟一时尴尬。团里有位女孩子,也就是我的好朋友章子晗站了出来,一口咬掉头,然后吃掉了整只虫子。她脸色涨红,我都能感受到那虫子的身体在她口腔里对抗,但仍然被她坚决地"消灭"了。当然我本人,是从头发丝到脚趾都拒绝的,哪怕最后把虫子烤熟了,我也完全没有想尝试的意图。有时候拯救世界可能确实需要女孩子。

之后,我的另外两位好朋友,兆楠和凯叔都挑战了一下活吃虫子,我真是产生了"贝爷"既视感。当时我给他们拍了视频,回国后我经常把这段视频给我其他的朋友看。以至于后来这些朋友见到章子晗或者兆楠,会由衷地说:"我见过你,你就是天真吃虫子的朋友。"

就这样,旅行的最后几天,我们一直在河上穿梭。每天在早上太阳还没有升起的时候,乘坐着快艇出发,顺着一条又一条奇妙的支流,穿过雨林,直到深夜才返回船上,然后开始夜晚的冒险。

风吹发梢,天蓝如画,云白如棉,坐在船上深深呼吸着亚马孙河上的空气,感觉自己的肺都被净化了无数回。支流的河路很窄,所以两岸的雨林格外清晰,举目四望,都是这个世界上最原始的绿色,生机勃勃,野性张扬。河水是棕黄色的,因为雨林的土壤松散，这个世界里百万年都未曾停歇过的大雨不停地将雨林里的植物冲刷进河流中，它们在河底堆积、沉淀、分解，最终化作了独一无二的河床。

这里一切都是鲜活的，以至于当船驶过河面，感觉我们像是航行在时间和生命之上。每天坐着快艇出门，眼前深深浅浅的绿飘过，像是进入了动画世界，或者说同在地球的平行世界。你知道你此生也没有多少机会再来，又不甘心就这样离开，于是用脑子狠狠地记住每一个画面，沉淀于心底。

在船上的几天，几乎是没有任何外界信号的，最初有一些不适应，但很快就觉得，能与"文明"断联，反而是一种格外的幸运，毕竟我们无时无刻不处在信息的乱流里，恐怕终其一生，都没有太多机会，能完全抛开这一切。

这个世界上又哪里有什么必须了解的信息，必须做的事？

*颜色像是滤镜配出来的,却是肉眼所见

"你当像鸟飞往你的山",

深山

给予　坚定的力量

秘鲁

拾捌

渡轮自亚马孙河深处驶回了基多，我们这群还没来得及从雨林深处的梦境中醒来的人儿，便匆匆在赤道纪念碑与厄瓜多尔作别，赶向机场了。我和我妈妈在赤道纪念碑处劈了个叉，惊叹于我妈的柔软程度比我厉害多了。

* 我和我妈妈在赤道纪念碑处劈了个叉

南美洲的航线确实比较落后，基本上除了首都之间，去哪里都要转飞，所以我们要从基多飞去秘鲁首都利马，再转飞库斯科，印加帝国的古都。这里最有名的就是马丘比丘（Machu Picchu），"失落的天空之城"，印加文明最神秘的遗迹。

这是我最期待的一段行程，亚马孙雨林里的生命奇景固然无与伦比，但我还是觉得只有寻访失落文明的印迹才真算得上是"探秘"。因为无论群山雨林，荒漠深海，当自然所造化的景象宏大到某种极点，自然似乎就变成了某种一模一样的存在，置身其中，除了心底里的巨大震动，我必须说自己所能感受到的只有作为人的渺小和卑微。从某种意义而言，自然是没有秘密的，因为它就是秘密本身。

　　但文明的造物却不一样，行走在尚未被时间彻底抹去的昨日世界里，即便对于缔造这些故事的一切都一无所知，但终究还是能通过一些超越了语言、文化、地域甚至时间界限的存在，比如"美"，感知到些许"历史的脉搏"。或许这么说显得有些过于夸张，但我的确觉得，人越是在历史的遗迹上行走，内心就越是会变得厚重起来，在这个益发不可预期的世界里，这份厚重着实会给人带来几分心安。

南美的三大古文明中，玛雅文明早已是流行文化的常客，所以我并不陌生；因为去过墨西哥，对于阿兹特克文明我也多少有些了解；唯独印加文明，我唯一知道的，就是我一无所知。

马丘比丘的探访之旅是从第二天开始的，早上六点多钟，我们便被导游叫醒，蒙蒙眬眬地被塞进大巴，摇摇晃晃地开向了欧雁台（Ollantaytambo）。

欧雁台是一座距离库斯科七十多公里的小镇，坐落在一座山谷里，据说这里曾是拱卫库斯科的一座要塞，四周阶梯状的高地上完整地保留着不少印加时期的巨石建筑。可惜导游并没有给我们太多时间，大家只能匆匆一瞥，便赶去了火车站。

真的很好奇到底是什么人把 Ollantaytambo（奥扬泰坦博）译成了这样一个竟有些古文味道的名字，想来一定是很早很早以前，至少也是流行把芝加哥音译成"诗家谷"的时候吧。

欧雁台是去马丘比丘的必经之路，因为必须在这里搭乘火车，或者也可以选择徒步，沿着印加帝国的古驿道走上三天。

听导游介绍说，这些发达的路网也是印加文明重要的文化遗迹。印加帝国的统治者用奇特的道路建筑技术在整个安第斯山脉修建起了完全不逊色于罗马的官方驿道，所以帝国的政令可以高速地传递至国境四方,这也是印加能够作为一个中央集权的帝国维持到十五世纪以后的重要原因。

在南美待了这么久之后,对于火车我本来没有抱太大的期待,但停靠在眼前的这列蓝色涂装的火车,多少让人有些意料之外的惊艳。这是一列专门的观光列车,车体只有几节,内部空间布局和国内动车的二等座比较类似,但车顶开着极大的弧形观景天窗。

大概因为是观景专列的关系,所以火车开得极慢,车轮规整地驶过铁轨,仿佛如歌的行板,安第斯山脉的风光依着细腻而绵长的车速,缓缓映入眼帘。海拔不断升高,远山高处云雾缭绕,马丘比丘就藏在这片云海里的某处吗?我正在出神,突然一声汽笛,抵达马丘比丘前的最后一站,热水镇(Aguas Calientes)到了。

* 观景专列,弧形天窗

热水镇也叫温泉镇，得名似乎因为这里有一座天然温泉，虽然按照国人的标准，这座温泉的水温着实算不上热水。热水镇明显要比欧雁台热闹许多，是那种典型的依托景点发展起来的聚落，小镇上几乎所有的设施都是为游客服务的，但我们这一车"特种兵"是没时间体验了，才下火车，便又赶去了大巴站。我借过导游的麦克风，对着手机放起了歌，大巴摇晃，一路高歌，终于来到了马丘比丘的脚下。

马丘比丘是印加文明，也是秘鲁最重要的象征，1911年，耶鲁大学教授海勒姆·宾厄姆三世在寻访另一座古老的印加城市时，意外地在云雾缭绕的山巅发现了这座以巨石建起的城市，他后来写下了一本《失落的印加城市》，这里于是彻底为世人所知。

不过，在他之前，马丘比丘真的从未被人发现过吗？说实话，我确实有些疑心，毕竟在过去的东亚文明传播史里，像这样所谓的"发现"着实有些太多。或许真相其实就像三毛在《万水千山走遍》里那位印加后裔嬷嬷所说的："其实我们印加帝国的子孙，一直晓得那座废城是存在的，无意间带了个美国人去看，变成他发现的了。"

但历史的真相又有谁能说得清呢？更重要的，或许是先去遇见。

"于是我沿着大地的阶梯攀登／穿过迷离丛林的凶残错杂／来见你／马丘比丘／石头阶梯的高城。"沿着古老的石路走了许久，终于看见了马丘比丘。

　　从未想象一座石城竟然会如此令人震撼，海拔两千四百米的山脊上，云雾蒙蒙，整座山峰似乎都被人力强行切割修整成了整齐的阶梯，不同规格的灰褐色石块精密拼接成一座座石屋，整齐有序地密布在群山四处。平整笔直的石墙就像是古代的里坊一般将建筑精确地区分出了不同的功能区，神庙、商市、民居、监狱……几乎不需要导游的介绍，就能直观地从布局中窥见这些青苔密布的空屋曾经所承载的命运。

　　马丘比丘的每一座石屋都是没有屋顶的，据说这是因为当地的民居都是以稻草作顶，但也因为它们都没有屋顶，所以周遭整个世界都像是一种"未完成"的隐喻，仿佛这里的人们是在某一个瞬间突然消失的，只留下一座寂寞的大城。

　　"石头叠着石头，但人呢，他在哪里？／空气叠着空气，但人呢，他在哪里？／时间叠着时间，但人呢，他在哪里？"

　　来之前就听说，马丘比丘最神奇的地方在于这些石屋的建筑技术，不同规格的石块被打磨得无比精细，严丝合缝地彼此嵌合，只是依靠自身的重力便组成了坚固而稳定的墙体，接缝处甚至插不进一张纸。

说实话，"不同规格的石块严丝合缝"，"接缝处甚至插不进一张纸"之类的表述，如果是在别处，我大概会觉得有些不值一提，因为举凡知名的石质建筑，似乎大体上都有这种特性，比如金字塔，比如天守阁下的石垣。但在马丘比丘，我的感觉却只有惊叹。

因为印加文明是一种石器文明，它没有金属工具，那些已经消失在时间里的人到底是如何用石器开凿和打磨出这么多巨大的石块的？或者，可能都先不必讨论打磨的问题，因为印加也是一个没有发明出轮子的文明，这个帝国所能役使的大型畜力也不过只是羊驼，他们到底是如何把这些沉重的建材运上山巅的？

只可惜，印加还是一种没有文字的文明，或许是过于发达的编织技巧让他们在文明的发展史上走出了一个奇异的分支，印加文明发展出了一套极其精妙的结绳记事法"吉瓒"（Quipu），他们似乎发展出了一套类似二进制语言的编码系统，用绳结的材质、色彩、形状、位置……记录着一切。

但这也的确只能说是"似乎"，因为这个世界上已经没有任何人能够解读吉瓒的含义，这也使得马丘比丘，一个明明建成于十五世纪的城市，却比许多更古老的遗迹还要神秘，因为所有的答案都被编织在像是神经网络般展开的吉瓒里了。

它是城市？是行宫？是神殿？为何建立？为何消失？那些围绕在它身上的神奇传说到底是后人对于失落文明的强行附会还是确有其事？

可惜，寂静山峡里，除了这些秘密的石头，只有安第斯的风声。

在我拜访过的所有景点里，马丘比丘可能是规矩最多的一处。一方面可能因为这里确实有些险峻，拍照的时候，总会有安保人员提醒要规规矩矩地静止拍照，不能四处乱动，一边说着还一边指向附近随处可见的警示围绳。另一方面，不知道是不是出于遗址保护的原因，马丘比丘里好像充满了各种禁区，不能触碰任何古城墙，这个好理解，但是不能在任何地方跳舞、旋转，和大幅度移动身体我确实很费解。推测可能是这里地貌过于原始，也许有没有报道过的意外事件发生，不能明说，还因为是高海拔，又为了避免意外，不得不安排很多人工监控。

于是，我只能静态地站着甩裙子。因为穿了一条大花裙，成了整个马丘比丘最

靓丽的风景。大多数人旅行都是穿户外装备，或者是便于爬行的裤装，由于我提早做了功课，发现户外的部分并不艰难，而在一片土色的大地和深灰色的建筑里，饱和度高的颜色更容易出片，于是选了一条鲜艳的花裙子，行走也很方便，还在古城下方配了一顶顶配的粉色巴拿马帽。我觉得，旅行很重要的一件事就是拍照，时间是不会停的，快门摁下的每一个瞬间都是彼时彼刻最后一次的记录，不把那个瞬间最美好的自己永远保留下来，那该多遗憾。

从马丘比丘归来后，我们还在库斯科停留了一日，参观了太阳神殿、圣水殿、巨石要塞等不少印加帝国的古迹。但说句实话，也许是昨日在马丘比丘的震撼还未消弭，库斯科的这几处印加遗址给人的感觉格外无趣。当然更重要的原因可能是库斯科在过去的几个世纪里，已经被西班牙人改造得格外彻底，彻底到几乎所有的景点都覆盖着一种浓郁的西班牙气质，少数遗留的几处比较完整的印加古迹，也几乎看不见更多的故事。

比如圣水殿，据说这里是印加贵族去拜谒太阳神殿前以圣水净身的地方。但印加建筑

*马丘比丘最彩的我

的特色是精密的石块建筑,又过了几百年,这里早就没有水了。

最后在见缝插针的购物环节,着实体验到了或许是极少至今还鲜活存在的印加魅力——秘鲁的羊驼绒纺织品。

印加文明的编织技艺极其发达,不只是吉毯,甚至连峡谷上的吊桥都是用手工编织的细密草绳穿缀而成的。而羊驼又是印加帝国最重要的牲畜,所以从千百年前起,这里的纺织匠人们就开始使用它的绒毛编织衣物。

虽说来之前,我自认已经做足了功课,但真的走进商店,还是会有一种乱花渐欲迷人眼的感觉。先不说那些极具南美风格的复杂而精美的纹饰,我第一次知道羊驼绒纺织品居然会有如此大的差异,羊驼的绒和毛被精细地分成了不同的等级(Baby Alpaca; Royal Alpaca; Vicuna),等级和等级之间甚至还有不同品质的差异。

如果印加有文字,我想他们至少会有一百个词来形容羊驼吧。

我们几乎"扫荡"了秘鲁最大的三个品牌:sol、kuna、patapampa。在库斯科的店铺,买了好多披肩和围巾准备送给朋友们,因为对比之下,它们实在是太便宜了,如果想要在秘鲁之外的地方买到同等品质的产物,价格至少都在五倍以上。

裹着细密温柔的羊驼绒披肩，莫名觉得，文明或许不会真正消失，它总会有一些方式给这个世界留下永远鲜活的回响。

从起点

   追溯,

 我 是谁?

江西，南昌

拾玖

因为清明,我回了一趟南昌扫墓,祭奠故去的先辈,也顺便走一走我十七岁前走过的地方。

我常常会梦到小时候,比如南昌以南的向塘镇,我姥姥姥爷的家就在那里。那是一栋残破老旧的平房,门前是一个五平方米的小院,院子中有一个鸡棚,院墙底下是一汪水槽。

院门不远处还有一块石头,现在已经不见踪影了。三四岁的时候,出门上幼儿园或者玩耍时,姥姥都会牵着我的手走到这块石头前,我踩上去,再爬到姥姥的肩膀上。她就这样背着我,背了好几年。

不知道是因为我身体的成长造成的对比,还是记忆出现了偏差,印象中姥爷家的客厅是很大的。然而多年后当我再走进这里时,却发现它很狭小。

因为小时候过年这里总是坐满了人,我们家、姨妈家、舅舅家,加起来一共十一个人,但此刻看这个客厅,不到六平方米,有点想不通小时候是怎么塞下这么多人的。家具还是按照以前那样摆放,只是,没有人再住在这里了。

站在客厅的窗前，我忽然意识到姥姥家的那块窗帘居然从未换过，已经被晒得发硬的黄布上印着绿色的椰子树。小时候我常常站在窗前看着外面的世界，时过境迁，外面的世界改天换地，窗前的我褪去了青涩幼稚，唯一不变的却是那一张如同古董般的窗帘。

*一切都变了，但好像又没变

　　最深刻的记忆是春节的时候，姥爷会制作各种各样的食物，其中我最爱吃的就是蛋卷。他先把鸡蛋搅匀，把蛋液涂到平底锅上，再放上肉末卷起来切好，听上去有一点像寿司，只不过饭团变成了蛋饼，这样的食物也只有过年的时候姥爷才会做。

吃完年夜饭，我们一家人会到外面放烟花，姨父姨妈、舅舅舅妈，还有我的表哥表弟，一大家族的人站在院子里，其乐融融。爸爸买到的烟花是那时最绚烂的，直到如今我都记得黑夜中烟花在五彩斑斓地盛放的场景。

往姥爷家后走五百米是一片农田，我对于农作物的所有理解就来自那里。我不记得姥爷种的是什么农作物了，只记得我小时候常常去那片地里捡萝卜吃，像一头放养的牛儿一般。我在向塘镇的姥爷家中成长，就是那样一种放养的状态。

那时，爸爸妈妈住在向塘镇，工作在南昌，所以需要跑通勤上班——跑通勤是我们铁路系统的一个词，指那些每天坐绿皮火车上下班的人，车程约半小时。因为爸爸妈妈的工作都在铁路系统，我们这群孩子对火车的记忆非常深刻。那时候火车里的座位是两排贴着车厢的长条板凳，车厢中间有很大的空间用来运货，比如一些在镇里种菜的农夫，等菜熟了就挑着扁担装着菜，晃晃荡荡地运到南昌去卖。

向塘镇只有一个类似于少年宫的地方，里面有影院、舞厅、礼堂等，几乎无所不包。爸爸妈妈常常会去那里跳舞，我便跟着他们，在一群大人中间沉浸在自己世界里，他们跳他们的，我跳我的，没有人教我，只能跟着音乐的节拍乱跳。

细细一算，姥姥已经去世整整二十年。姥姥临终前，我去医院看望她，她已经完全不是我熟悉的模样了。我到现在都记得我走进病房，看见她浑身赤裸地躺在病床上，意识模糊，瘦骨嶙峋，无法自理，医生护士对此习以为常。我走过去拿起被单盖住她的身体，当时觉得姥姥作为人的尊严消失殆尽，而好像没有人在意这件事。

因为罹患骨质增生，姥姥去世前非常痛苦。她吃了两次过量安眠药，想尽快与世诀别，却不想家人两次都将她救了回来。那时我还在读高一，对于生死只有模糊而朴素的理解。我问妈妈，如果一个人在清醒的时候不想活了，为什么还要把他拴在人间？为什么要让他这样没有尊严地活着？我跟妈妈说："如果有一天，你在某种极端的情况下，清醒地选择自杀，第一次我会救你，但第二次我就不会了。因为生命是你自己的，选择也是你自己的，我没有权利去干涉你对生命的选择。"妈妈说："挽救只是我作为人的本能，那是我的妈妈，如果我无动于衷，那我是无法过我心里的那一关的。"那场与妈妈的对话，是我第一次对于人为什么活着的思考，我想，活着一定是为了自己，如果因为他人而低质量地延续生命，那是我无法接受的。

姥姥姥爷的墓地在向塘镇的郊外，两个村子的交界处，依山傍水，墓地旁还有一个小池塘。因为清明已至，整个墓地都放满了鲜花和纸花。舅舅说，这块墓地因为在两个村子的交界处，所以当初买它时需要经过两个村子的同意，但偏偏两个村子不和，对于价格很难协商，因此这里的墓地都不好买。但大概是心诚则灵，舅舅去买墓地时却异常顺利，也许是上天注定姥姥姥爷将在这里长眠的。姥姥姥爷的家承载着我五六岁之前的童年记忆，之后，我便从向塘镇搬到了南昌读书。

我家门前的小路旁居民楼改造的商铺遍布，妈妈总爱带着我在各种小店里闲逛，后来的我很爱买东西，有控制不住的购物欲，源头或许就在这里。这次回到南昌，我只带了一双麻织的拖鞋，路过小店，买了一双不到十块钱的球鞋，穿起来居然也很舒服。路还是原来的路，只是破败不堪，楼房也是原来的楼房，只是年久失修，如同一张发黄的老照片。

* 年久失修的楼，仿佛成一张久远的老照片

读书的时候，我家离学校很近，初中就在小区门口，距离一百米就是小学，从家往外看，小学和初中都能尽收眼底。从外观看，小学的教室全都翻新了一遍，操场上的草坪全部换成了真草地。唯一不变的是学校的厕所，在操场的另一头，与教学楼遥遥相望。厕所是一排蹲坑的旱厕，最近才听

闻厕所要重新改造。和小学相比，初中的变化更大，从一栋教学楼变成了三栋，楼体也全部更新，操场换成了塑胶跑道，原来的仓库如今变成了崭新的报告厅。校门口的玻璃窗口依然没变，读书时，每一年的作文比赛我都是第一名，作文被贴在里面，供进进出出的同学阅读。

我的高中在八一公园的对面，校门口就是一片湖。它的旧址是叶挺在南昌八一起义时的指挥部，如今已经是学校老师办公的地方。一回到这里，我就想起第一天到这里报到的场景，校门口贴着六百人的新生名单，我在浩浩荡荡的人名中寻找自己的名字。我的高中是江西很好的高中之一，能来这里读书也颇费一番周折，因为铁路系统的孩子是不能到外面的高中读书的。

我在高中是学生会主席，周一早上的升旗仪式，我是鼓号队的指挥手，周五的晚上要开寝室长会，每逢领导来校参观，我还要代表学生发言，或者帮忙招生。除了上课以外，还要做广播台，组织校园社团，虽然忙碌，却也渐渐成长，再繁重的工作也能得心应手。

听闻我回南昌，毕业之后就未见过的高中老师特意从很远的地方打车赶来，一起在附近吃了午餐，随后又在校园重游。那时正好是中午放学的时候，年轻气盛的孩子们正走出教室，每个人都青春洋溢，充满活力，抵消了我因为人非物换而带来的一点点感伤。走出家门,经过老街,再看看安放过青春的校园,我重拾关于自己的记忆,一点点拼凑那个少女的模样。我意识到,一个人之所以成为现在这个人,跟他来自哪里有莫大的关系。

* 假装回到旧时光

我从小在舞厅里自由奔放地舞蹈、歌唱,从小就是班级和街道上的孩子王,我身上所谓的领导力,或许就是从那时一点一点养成的。我也喜欢人文、写作,能在初中的作文竞赛脱颖而出,因为从小姥姥、姥爷、妈妈都喜欢给我讲各种民间古典故事,比如岳母刺字、穆桂英挂帅、三请樊梨花等,那些也奠定了我对忠孝的认识。高中除了学习,我还要兼顾那么多课外的学生会工作,以至于后面工作中需要处理事情的能力和共情能力,大概都是从那个时候培养的。这次回南昌,爸爸妈妈也跟我回来了。这两年他们冬天居住在三亚,其余时间长居北戴河，所以这次回来把南昌和向塘镇的老房子卖了。以后除了清明扫墓，大概也不会再回来了。

妈妈一直很舍不得卖掉老房子，对她而言，房子在，和老家的联系就还在。妈妈那一辈人与我不同，南昌于我而言更像是回不去的故乡，即便回去也像是做客。念大学之后我就只有过年才会回去，并且也只待上一两天就离开。除了一些老友，这里几乎无法再给我熟悉的舒适感，反而带着近乡情怯的陌生。我们家的二楼墙壁上挂满了照片，包括我的成长留念、跟爸妈的合影，一堵薄薄的墙壁上竟然挂满了这么多年的回忆。因为卖房，爸妈把照片一张张揭下来，墙壁恢复了原本的洁白，纤尘不染，岁月的痕迹就这样被不留情面地抹去。

妈妈还在家中找到了很多她曾经收集的邮票，问我是否有集邮的朋友，可以把这些老邮票送给他。我想了想，并没有集邮的朋友，但我有一位朋友是文和友的老板，他跟我说，如果有一天把老家的房子卖了，家中的老物件都不要了，可以全部给他，他替我保管。因为他经营的文和友本来就是一个重现旧时光的场所，如果你有机会去一趟，说不定在某处角落就能看到我家的旧物。我妈妈那一辈姐弟三人，彼此都亲密无间，我和表哥表弟也从小一起长大。只是念大学后，我很少回家，背井离乡在外读书、工作。父母与舅舅、姨妈他们在南昌过着平凡的生活，家庭聚会中我都是缺席的那一个。上一次见到家族齐聚一堂，还是很多年前爸爸生日的时候。

我是在一个充满爱的环境中长大的，因为我是唯一的女孩，学习也不错，所以家人们都对我极尽宠爱，想吃什么想要什么都能尽量满足。念大学时，爸妈偶尔在家中炒好菜，再坐一班晚上七点的火车，这样他们就能在早上七点到达北京，再坐地铁到学校看我。而我就能在中午吃到爸妈亲手做的菜了。对我而言，这是我在外漂泊奋斗最好的支柱与力量，也正因如此，我从未在工作或其他方面寻求父母的帮助。

虽然在外漂泊，我的亲人也总会想着我吃得好不好，过得好不好。很多年前表哥来北京探望读大学的我，那时我的生活费也才一千两百块一学期，表哥给了八百元让我当零花钱，对他当时的工资而言不是一笔小数目。直到如今，姨父都会在家中卤好牛肉给我寄来，因为他总是觉得我在外面吃得不好，饭菜还是家里的香。

舅舅爱喝酒，爸爸爱抽烟，从前我会劝他们少喝点、少抽点，如今却想着寄一点好酒好烟给他们。一个人的生活，总不能以自己觉得健康或者舒服的标准去要求他，人生的经验和阅历多了，会发现人这一生，按照自己的意志活着，才是最重要的。我去了自己的小学、初中、高中，去了曾经住过的房子里。看着现在的小学生个子好高，看着初中小朋友已经不会再跳皮筋踢毽子，看着高中的孩子们依旧在备战高考。

回忆一幕幕扑上心头，几十年的岁月果然是弹指一挥间。小时候的我曾经有一个走遍世界的梦想，那颗想要探索世界的好奇心激励着我去了北京读大学，爸爸妈妈带着我在每个假期的旅行，让我对陌生的人和世界充满探索欲。那时候的我肯定想不到今天的我会成为一个什么样的人，但是一切仿佛又有迹可循，从小我就是那么爱玩爱折腾爱当领导。走遍小时候的印记，那些入梦的画面有一些不变，却有很多改变，我知道未来很多年我都不会回来了。于是我又去吃了儿时最爱的南昌拌粉和肉饼汤，那是我小时候几乎每天的早餐。走遍全世界，去了那么多地方，见证了那么多人的生活方式，无非是想探寻自己来自哪里。当我尝遍了各地的食物，却发现最爱的还是家门口的南昌拌粉，那一点点熟悉的快乐与满足，就已然值得永恒怀念。

* 回南昌找老妈录了个播客

（全文完）

这些年,和朋友们一起去

了这个世界不同的美好。

*2023 年，和小花在 Malaga Cove

*2021 年，和张静初在乌镇

*2016 年，和小花在巴黎

*2023 年，和虞书欣在阿那亚

*2023 年，和水哥在米兰

*2023 年，和虞书欣在上海

*2017 年，和乂廷在纳帕

*2018 年，和李现在尼斯

*2019 年，和李现在北京

*2023 年，和纯纯在巴黎

*2016年，和雨绮在米兰

*2019年，和张艺兴在纽约

*2023年，和娜娜、小花、天爱在北京

去遇见

作者 _ 杨天真

产品经理 _ 李颖　　装帧设计 _ 付诗意　　内文版式 _ 李瑜　　技术编辑 _ 丁占旭
责任印制 _ 杨景依　　出品人 _ 曹俊然

营销团队 _ 闫冠宇　刘子祎　刘雨稀　　物料设计 _ 孙莹

书名题字 _ 王昱珩　　封面摄影 _ 郭菲菲　　项目支持 _ 田叶　代青
策划支持 _ 周沫　　经纪团队 _ 刘子涵　陈文婷　吴杨雨寒　李艺
运营支持 _ 王钰　勾心雨　符烁然　章琦旋　　商务支持 _ 史金玮　尤拉

果麦
www.guomai.cn

以　微　小　的　力　量　推　动　文　明

图书在版编目（CIP）数据

去遇见 / 杨天真著. -- 西安：太白文艺出版社, 2024.7（2025.1重印）

ISBN 978-7-5513-2621-6

Ⅰ. ①去… Ⅱ. ①杨… Ⅲ. ①散文集－中国－当代 Ⅳ. ①I267

中国国家版本馆CIP数据核字(2024)第105834号

去遇见
QU YUJIAN

作　　者	杨天真
责任编辑	戴笑诺　蔡晶晶
装帧设计	付诗意
内文版式	李　瑜
出版发行	太白文艺出版社
经　　销	新华书店
印　　刷	河北尚唐印刷包装有限公司
开　　本	880mm×1230mm　1/32
字　　数	202千字
印　　张	10
版　　次	2024年7月第1版
印　　次	2025年1月第11次印刷
印　　数	155,001-160,000
书　　号	ISBN 978-7-5513-2621-6
定　　价	59.80元

版权所有 翻印必究

如有印装质量问题，可寄出版社印制部调换

联系电话：029-81206800

出版社地址：西安市曲江新区登高路1388号（邮编：710061）

营销中心电话：029-87277748　029-87217872